JN318694

禁本 惑《まど》わせて

草凪 優　館 淳一
霧原一輝　子母澤類
森奈津子　八神淳一
文月 芯　睦月影郎

祥伝社文庫

目次

桃尻の憂鬱《ゆううつ》

草凪 優

著者・草凪《くさなぎ》　優《ゆう》

一九六七年東京生まれ。二〇〇四年『ふしだら天使』でデビュー。一〇年『どうしようもない恋の唄』（祥伝社文庫）で「この官能小説がすごい！」大賞を受賞。近著に、セックスの相性が良いだけの女を好きになることは正しいのか、という命題に悩む問題作『女が嫌いな女が、男は好き』がある。

1

愛する人とのセックスの相性が悪い、という問題を抱えてしまったとき、いったいどうすればいいのか道行く人に訊《き》いてまわりたい。

愛があれば大丈夫、そのうちなんとかなるもんだ、という意見がおそらく大多数で、私自身それを信じているところもあるが、目の前に結婚が迫っている状況では、少しばかりシリアスに考えなくてはならない。

相性が悪いと言っても、全部が全部そうというわけではない。

私はもう四十二歳になる。

充分にいい歳なので、女と密室でふたりきりになるまでのムードづくりには細心の注意を払うし、服を脱《ぬ》がす前に情熱的な愛の言葉を照れずにささやくこともできる。口づけは時間をかけて、女の服は皺《しわ》にならないように丁寧《ていねい》に扱い、下着のセンスについて言葉を尽《つ》くして褒《ほ》めることも忘れない。

クンニリングスは大好きなので、少なくても十分以上は舐《な》めている。世の中にはそれが苦手な男が多いと聞くから、ベッドにおけるささやかなアドヴァンテージだと自分に言い聞かせ、努《つと》めて頑張ることにしている。

かといって、フェラチオにはそれほど執着《しゅうちゃく》がない。彼女がしてくれると言えばありがたくしてもらうが、自分から強要することはいっさいない。

ここまでの流れで、とくに悪いところはないだろう。それなりに自信をもっているし、実際、彼女に対してもうまくいった。

問題はその先だった。

体位である。

私は正常位が好きなタチだ。

原理主義者的に愛好していると言っていいくらい、他の体位に興味がない。

女を「抱いている」という実感を得ることができるし、肌が触れあっている面積が広いから他の体位より密着感がある。正常位で腰を振りあいながら交わすキス以上の愛情表現を、私は他に知らない。

もちろん、その体位のいちばんの醍醐味《だいごみ》は、女がオルガスムスに達したとき、五体の痙《けい》攣《れん》を全身で味わえるところだろう。釣《つ》りあげられたばかりの魚のようにビクビクと跳《は》ねる女体をしっかりと抱きしめながら、射精を目指してストロークのピッチをあげていくとき、私は男に生まれてきた悦《よろこ》びを覚える。

そして、女もまたそうだろう。男の腕に抱きしめられながら絶頂に至れる正常位を、もっともいい体位だと考えているはずだ、と信じて疑っていなかった。

だから……。

彼女と初めてベッドインしていよいよ挿入の瞬間を迎えたとき、尻を向けられたときは驚いた。

訊けばバックが好きなのだという。

四つん這《ば》いになって後《うし》ろから貫《つらぬ》かれる獣《けもの》のような体位でこそ、彼女の性感は満開に咲き誇《ほこ》るらしい。ガンガン突かれながら乳首をいじられると、あっという間にイッてしまうのだと恥ずかしそうに教えてくれた。

頭を抱えてしまった。

私は正常位原理主義者であるだけではなく、他に数ある体位の中でも、バックをもっとも苦手にしていたからだ。

むろん、経験がないわけではない。

恥を忍《しの》んで告白すれば、イチモツがそれほど大きくないのだ。バックでの結合を存分に愉《たの》しむためには、長大なサイズが必要な気がするし、歳を重《かさ》ねてからは硬《かた》さにも自信がなくなってきた。メタボ体型なので、体力や精力にも不安がある。バックで腰を振っていると、フィニッシュの前に息があがりそうな気がしてならない。

私は断固として拒否した。

見つめあい、口づけを交わしながら抱きしめあえる正常位の素晴らしさを懇々《こんこん》と説《と》き、一歩も譲《ゆず》らない構えを見せた。

彼女はいささか無神経なほどの正直者だが、心根のやさしい女だった。私に合わせて、正常位でひとつになることを了解してくれた。

結果は中折れだった。

酒を飲みすぎたせいだと私は苦笑したが、もちろん嘘だった。彼女がバックを好む理由が気になりだし、セックスに集中できなくなってしまったのである。

彼女の元カレは巨根なのではないか……。

まず間違いなかった。

バックが好きな男と付き合ったことがあるから、彼女もバックが好きになったわけで、バックが好きな男といえば、かなりの巨根で精力絶倫な男に決まっている。

「大丈夫、気にしないで。また今度調子のいいときにしましょう」

呆然自失《ぼうぜんじしつ》の状態に陥《おちい》っている私に、彼女は甘くささやいてくれた。

目頭が熱くなり、もう少しで涙を流してしまうところだった。

2

私は付き合う女を容姿で選んだことがない。

正確に言えば、顔立ちの美しさやプロポーションのよさが理由で、好きになったことがない。

美人は疲れるからだ。

緊張して疲れる。

これは逆説でもなんでもなく、たいていの男がそうではないかと思う。

考えてみてほしい、目の前に一点の曇《くも》りもない見目麗《みめうるわ》しい女がいるとする。ナイスバディで露出の多い服を着て、フェロモンを全開にしているとする。緊張しすぎてひと言も口をきけないに決まっている。

女は愛嬌《あいきょう》とはよく言ったものだ。

美人じゃなくても、にっこり笑った顔が可愛《かわい》ければ、私の心は癒《いや》される。体型だって、あまり完成度が高くないほうがいい。並んだときに、自分のメタボが気になって萎《い》縮《しゅく》してしまう。理想を言えば、ぽっちゃりだ。スタイル維持のためのダイエットやエクササイズにことごとく失敗し、ちょっとだらしないくらい肉が多めのほうがいい。相手がそんな感じなら、こちらも裸になって恥ずかしい思いをしなくてすむ。

だが……。

人生とはわからないもので、現在の私の恋人、緒方理菜子《おがたりなこ》は美人でスタイルも抜群《ばつぐん》なのだった。

歳は三十。世の中にこれほど小さな顔があったのか、と驚いてしまうくらいの小顔の持ち主で、そのくせ目はぱっちりと大きい。顔の三分の一くらいが目ではないか、と思ってしまうほどだ。肌は雪のように白く、鼻筋はすっきり通っている。唇は薔薇《ばら》の花びらのように赤くグラマーで、そこからこぼれる白い歯がまぶしい。

スタイルはモデル体型だ。背が高くてスレンダーで、本人は胸がやや小さいのがコンプレックスらしいが、手脚が長くて姿勢がいいから、よほどの巨乳好き以外はそんなことなど気にならないだろう。

知りあったのは自由《じゆう》が丘《おか》のワインバーだ。

私はワインとチーズとパスタに目がないので、ひとりで行けてそれほど高くないイタリアン・バールをいつも探している。飲み食いのためなら遠路も厭《いと》わないところが、私の唯《ゆい》一《いつ》の美徳と言えば美徳だった。

姉夫婦が経営しているというその店で、理菜子はホール担当として働いていた。テーブルが三つとカウンターが五席ほどの小さな店なので制服はなく、理菜子はいつもパンツスタイルだった。デニムでもコットンでも、ぴったりとフィットするデザインを好んで着けているので、ヒップのラインがいつだって露《あら》わだった。見るたびに悩殺された。

私はそれまで、どちらかと言えばヒップよりバストを愛するほうの男だったのに、いつも気がつけば理菜子の尻を目で追っていた。

小ぶりなヒップだった。

キュッともちあがっていて、果実のように丸い。

こういうヒップを桃尻と言うのだろうな、と思った。理菜子の尻を眺《なが》めながらワインを飲んでいると、たとえ渋《しぶ》みの強いワインでも、どこかからかフルーティな香りが漂《ただよ》ってくるようだった。

気さくな理菜子は、あるとき話しかけてきた。たまたま客が他に誰もいなくなり、カウンターの隅《すみ》でぽつねんと座っていた私に、気を遣《つか》ってくれたのだろう。

「このあたりにお住まいですか？」

「いいえ」

私はきっぱりと首を横に振った。自宅は自由が丘から電車を三本乗り継《つ》いで、一時間以上かかる。それでもその当時、週に三回は店に通っていた。

「じゃあお仕事でこのあたりに？」

「いいえ、この店で飲むためにわざわざ来てるんです」

いささかぶっきらぼうに答えてしまったのは、緊張していたせいだろう。美人はこちらを見ないでほしい。背中を向けてくれていれば、勝手に尻を見て眼福《がんぷく》に酔いしれられる。

「へええ、嬉しいなあ」

理菜子は鼻に皺を寄せて笑った。美人の笑顔は恐るべきものだと思った、蕩《とろ》けるようなミルキースマイルに、息もできなくなった。

「このお店の、どこがそんなに気に入ったんですか？」

「あなたが美人なところでしょうか」

私は真顔で答えた。冗談《じょうだん》を言うときには、決して笑わないことにしている。コメディアンが先に笑うと、客が笑えなくなるからである。

だが、理菜子は笑ってくれなかった。

真っ赤になってうつむいたのだ。

私は焦《あせ》った。冗談ですよ、と言うわけにもいかなかったからだ。

「お仕事はなにをなさっているんですか？」

「編集プロダクションに勤《つと》めてます。雑誌の記事を書いたりする仕事」

「カッコいいですね」

「そんな……」

にわかに見合いの席のようなお堅い雰囲気が漂った。

「あのう、差し支《つか》えなければ、どんな記事を書いてるか教えてください」

「最近やったのは、背脂《せあぶら》ギトギトのラーメン特集ですかね。ハハッ、イマイチ格好悪いな。B級グルメが得意なんですよ。下町の安い居酒屋をまわったり……」

「わたし下町の居酒屋さん、大好き。今度連れていってください」

繰り返すようだが、理菜子はモデルのようなスタイルをもつ小顔の美人なのである。ぴったりしたパンツスタイルで、これでもかと桃尻を誇示しているのである。舞いあがるなというほうが無理な話であり、私はその場でデートの約束をとりつけ、連絡先を交換した。

3

二度、三度とデートを重ねるうち、理菜子について以下のようなことがわかった。

三カ月前まで派遣ＯＬとして働いていたが、理不尽《りふじん》に契約を打ちきられてしまい、姉夫婦の店を手伝うようになった。

最初はふたりとも歓迎してくれたが、男性客が理菜子のことばかりちやほやするので、だんだん働きづらくなってきた。

もう一度派遣ＯＬに戻るのも疲れそうだし、結婚して家庭に収まりたいと思い、何度かお見合いパーティに参加してみたものの、なかなか良縁に巡《めぐ》り会えない……。

「へええ、あのお店をやってるの、お姉さんだったんだ？」

初めてそのことを耳にしたとき、私には信じられなかった。顔立ちもスタイルもまったく似ていなかったからだ。理菜子をシャトー・マルゴーだとすれば、姉はスーパーで安売りしている聞いたこともない産地のワインだった。

「わたしは父親似なんです、姉は母親似で、顔の系統が全然違うんです」

「ふうん、そういうもんか」

「わたしばっかりいいところを取っちゃったみたいで、姉には申し訳ないですけど」

そう言うと、理菜子は鼻に皺を寄せて笑った。正直な子だな、と思った。

そして理菜子は、会えばかならず次のことを口癖《くちぐせ》のように繰り返した。

「わたし、瘦《や》せてる男の人って苦手」

「男は顔じゃないですよ、絶対に中身」

「こう見えて料理が得意なんです。和洋中、なんだってＯＫ」

露骨《ろこつ》な結婚アピールと考えて差し支えないだろう。要するに、理菜子にとって私は、都合《ごう》のいい結婚相手に見えたというわけだ。

結婚式や新婚旅行先、果《は》ては家計簿のつけ方まで、理菜子はやたらと情報をもっていた。結婚について真剣に考えている証拠だろうが、そのうちバッグから婚姻届を取りだすのではないかと思ったくらいの勢いだった。

しかし、それがなんだというのだろう。

こちらもいい歳をして独身で、良縁があれば所帯をもつのはやぶさかではないと思っている男なのである。問題は理菜子が前のめりすぎて、こちらの気持ちが追いつかないことだけだったが、理菜子の容姿を見れば見るほど信じられない思いがした。彼女のような絵に描いたような美人と結婚できるなんて、夢にも思ったことがなかったからだ。

ただ……。

あまりにも夢のような話なので、結婚詐欺《さぎ》ではないかと思ってしまったことも、一度や二度ではない。彼女は自分の経歴について、曖昧《あいまい》にしか答えてくれない。なんだか、尻尾《しっぽ》をつかまれないように誤魔化《ごまか》すようなしゃべり方ばかりする。

私には奪われるほどの財産などないが、最近の結婚詐欺は巧妙になっている、という話を知人のノンフィクションライターから聞かされたばかりだった。

なんでも、結婚生活用の新居としてマンションの購入を女に求められ、ローンの手続きを終えた時点で別れを切りだされるらしい。背後で糸を引いているのは、悪徳ディベロッパーだ。うまく契約がまとまれば、詐欺師の女にキックバックが渡される。女に捨てられた男には、ひとりで住むには広すぎるマンションと、何十年単位のローンだけが残されるというわけだ。

しかし、美しさというのは太陽の光にも似たエネルギーだった。

美人の魔力を侮《あなど》っていた昨日までの私は、掛け値なしの愚《おろ》か者だと思った。

理菜子が甘い笑顔を浮かべると、私の心は溶《と》けた。本当に、日を浴びたバターのように溶けていく実感があり、猜疑心《さいぎしん》はきれいさっぱり消えていった。気がつけば、騙《だま》すつもりなら騙されてもいいとまで思っている自分がいた。

セックスをしよう、と思った。

街を歩き、酒場をまわるだけのデートは、お互いに五回もすれば飽きてしまった。いつベッドに誘ってくれるの？　と理菜子の顔には書いてあった。騙されてもいいと腹を括《くく》れたのなら、抱いてみるべきだった。そして素晴らしいセックスができたなら、即刻プロポーズすればいい。理菜子が結婚詐欺師の可能性はゼロではないが、地上に降りてきた天使の可能性はもっと高い。普通に考えて、詐欺師に騙される確率など、宝くじに当たるようなものだろう。美人にモテたからといって、いちいちそこまで気にするほうがどうかしている。

だが……。

そんなふうにかなりの意気込みで挑《いど》んだベッドインの結果はと言えば、自分の欲望に正直な彼女にバックでの結合を求められ、それを拒否して正常位で繋がり、中折れ、という絶望的なものだった。理菜子の元カレは巨根ではないか、という不安に加え、理菜子がノッていなかったせいもあると思う。当たり前だ。求めた体位でされなかったのだから、ノリノリになるほうがおかしい。

プロポーズの踏《ふ》ん切りはつかなかった。

ただ、二回目にチャレンジしてみようとは思った。

次も盛りあがらなければ、残念だが縁がなかったと思うしかない。美人とは向きあうだけで疲れると思っていた私である。それが嫁に娶《めと》ろうだなんて、最初から大それた考えだったのかもしれない。

4

「お待たせ」

ホテルのバーに現れた理菜子は、いつもとは少し装《よそお》いが違った。パンツルックではなく、紫色のシャツに黒いタイトスカートを合わせていた。それも膝上十五センチはあろうかという超ミニで、カウンター席の隣に腰をおろした瞬間、太腿《ふともも》の付け根が見えてしまうのではないかと思った。

「なに飲んでるんですか？　モスコミュール？　おいしいですよね。でも、わたしはもうちょっと強いお酒にしようかな、早く酔えるように……」

理菜子がバーテンダーに注文したのは、ギムレットのダブルだった。カクテルをダブルで注文する女を、私は初めて見た。いや、男でも見たことがない。

グラスを傾けながらも、理菜子の太腿が気になってしかたがなかった。

スレンダーな理菜子の太腿は細い。おそらく、気をつけをしても、ぴったりとくっつかないだろう。そういう太腿が、いままでの私は苦手だった。太腿と言うのだから、太くなければ意味がないと思っていた。

しかし、理菜子を抱いて意見をあらためることにした。

正常位で重なりあったとき、蛇《へび》のようにからみついてくる長い脚に興奮し、あれから毎日のように夢に出てくる。脚だけではなく、体全体が蛇のようだ。細くてしなる。腕の中で淫《みだ》らにくねる。

クラッシュアイスが溶けないうちにギムレットを飲み干《ほ》した理菜子を連れ、私たちはホテルの部屋に移動した。外資系の高層ホテルだ。女は夜景が好きだろうと見栄《みえ》を張ったのだが、部屋に入っても理菜子は窓など見向きもしなかった。

「……うんんっ！」

いきなり抱きつかれて、唇を重ねてきた。自分から口を開き、ジンの香りがする舌をねちっこくからめてきた。

大胆なキスだった。前回はもっと受け身だったはずなのに……。

理菜子なりに、期するところがあるのかもしれない。中折れは、男の自信を喪失《そうしつ》させるが、女にとってもかなりショックらしい。わたしが相手じゃ興奮しないの、と不安になるものだという。

しかも、理菜子ほどの美人なら、いままでどんな男も鼻血が出るほど興奮して、その体にむしゃぶりついてきたはずだ。プライドも高そうなので、恥をかかされた、と思っているかもしれない。こうなったら本気を出してメロメロにさせてあげる、という意気込みが舌の動きから伝わってくる。

「うんんっ……ぅんんっ……」

理菜子の大胆さに私も応《こた》え、息もとまるような深いキスが続いた。やがて理菜子は、舌をからめあいながら紫色のシャツのボタンをはずしはじめた。ブラジャーが黒だったので、私はドキッとした。前回はおとなしいピンクベージュだったし、色白美人の理菜子が黒いブラジャーを着けていると、ひどく大人びた色香が匂った。

「うんんっ……ぅんんっ……」

口づけを交《か》わしながら、私はブラジャー越しに乳房を揉《も》んだ。レースのざらついた感触が卑猥《ひわい》だった。背中のホックをはずし、生身をやわやわと揉みしだくと、

「うんあっ……ああぁっ……」

理菜子はキスを続けていられなくなり、白い喉《のど》を突きだした。私は胸のふくらみに指を食いこませ、乳首をいじりたてながらも、別のところに意識が飛んでいた。理菜子に期す

るところがあるように、私にも期するところがあった。

「そこに手をついて……」

ベッドに両手をつかせ、尻を突きださせた。立ちバックの体勢だ。黒いタイトスカートにぴったりと包みこまれたヒップは、小ぶりながら丸々とした立体感があり、男を惑《まど》わせるシェイプそのものだった。

前回は、初めてのベッドインだったこともあり、そこばかりを愛撫《あいぶ》したわけではない。はっきり言って乳房や女の花のほうに気をとられていたけれど、今日は違う。ヒップを集中的に愛撫して、バックで繋がるつもりだった。もしそれができなければ理菜子との結婚はない、と覚悟を決めていた。

そのために、一回分が二千四百八十円もするサプリメントだって飲んできた。マカ、すっぽん、オットセイ、朝鮮人参、冬虫夏草などがブレンドされたもので、いささか心許《こころもと》ない精力のフォローをしてくれるはずだ。

「素敵だよ……」

熱っぽくささやき、両手で尻の双丘を撫《な》でまわした。触ると、見た目よりなお丸々としていた。すぐにスカート越しの愛撫では満足できなくなり、ホックをはずし、ファスナーをさげて、スカートを床に落とした。

「むうっ……」

衝撃的な光景に、私は目を見開いてしまった。ナチュラルカラーのパンティストッキングの下に穿《は》かれていたのは、セクシャルなTバックショーツだった。尻の双丘が、ほとんど完全に剝《む》きだしで、テラテラしたナイロンの光沢《こうたく》を帯《お》びていた。ある意味、生身以上にエロティックな光景かもしれない。

私は撫でた。手のひらで丸みを吸いとるように撫でまわした。

理菜子をバックから突きたくなった男の気持ちが、じわじわと理解できてきた。

どこまでも丸い理菜子の桃尻は、けれども普通のサイズよりずっと小さい。腰が驚くほど細いので、バランスとしては女らしいのだが、触るとよくわかる。手のひらに収まりそうなくらいなのだ。

これはたしかに貫きたくなる、と思った。貫いて腰を振りたてたくなる。

だが、それにはまだ早い。

私はその場にしゃがみこみ、ヒップに頰《ほお》ずりした。とことん愛《め》でてやるつもりだった。頰ずりしながら内腿を撫でれば、理菜子の呼吸がはずんでくる。じわり、じわり、と私は手のひらを太腿の付け根に這わせていった。まだ二枚の下着に包まれているのに、ねっとりと湿った妖《あや》しい熱気が、指にからみついてくる。

「んんっ！」

股間《こかん》に指を触れさせると、理菜子はくぐもった声をもらした。頬ずりしているヒップの丘から、五体のこわばりが伝わってきた。バック好きの巨根野郎は、後ろからクンニリングスを施《ほどこ》してくれただろうか？　巨根は羨《うらや》ましいが、道具が立派だと、人間、仕事が雑になるのではないか？

私は、果物の薄皮を剝《は》ぐようにパンティストッキングをめくりさげた。くるくると丸めて脚から抜き、さらにTバックショーツも脱がせてしまう。

発情の芳香が、鼻先で揺らいだ。

むんむんと熱気を放ちながら、淫らな湿り気をあたりにこもらせた。

「ベッドにあがるんだ……」

私は理菜子をうながした。両膝をつかせた四つん這いのほうが、より大胆に尻を突きださせることができると思ったからだった。

「あああっ……」

左右の尻丘を両手でつかみ、ぐいっとひろげると、理菜子は羞《は》じらいにあえいだ。桃割れに隠れていた女の恥部という恥部が、私の眼前にひろがっていた。セピア色のアヌスからアーモンドピンクの花びらまで、丸見えだった。

声をあげたかったのは、むしろ私のほうだったかもしれない。ぴったりしたパンツルックやタイトスカート越しには、あれほど美しく見えた桃尻なのに、左右に割ると驚くほど卑猥な形になった。いやらしすぎて、目がくらみそうだった。

「くっ……くぅうっ……」

私の荒ぶる鼻息を敏感な部分で感じたのだろう、理菜子が柳腰をくねらせる。私はふたつの尻丘をぐいぐいと割りひろげながら、舌を差しだした。アーモンドピンクの花びらがぴったりと合わさっている縦一本筋を、ねろり、と舐めあげた。

「あああっ……」

理菜子があえぐ。ねろり、ねろり、と舌を這わせるほどに、身をくねらせ、けれども懸命に尻を突きだして、舌の刺激を味わおうとする。

手応えを感じた。

前回、あお向けでクンニリングスを施したときより、あきらかに感じているようだった。このポーズが好きなのかもしれない。女によっては尻の穴が丸見えになるからと敬遠する四つん這いが逆に、彼女を淫らな気持ちに駆り立てるのかもしれない。

「あああっ……はぁあああっ……」

理菜子の声はたちまち甲高《かんだか》くなり、呼吸もはずみだした。アーモンドピンクの花びらを舌先でめくると、新鮮な蜜があとからあとからあふれてきた。やはり、前回とは比べものにならないほど発情している。

ならば、と私は右手の中指を女の割れ目に沈めこんだ。中で鉤《かぎ》状に指を折り曲げ、ざらついた上壁――いわゆるGスポットを押しあげるように刺激してやる。

「くぅううーっ！　くぅうううーっ！」

理菜子が悶《もだ》える。私はさらに、左手でクリトリスをいじった。そうしつつ、舌先でアヌスのすぼまりを舐めまわし、女の急所三点責めを完成させる。

「ああっ、いやあああっ……いやいやいやあああっ……」

理菜子はひいひいと喉を絞ってよがり泣き、四つん這いの素肌をみるみる淫らに汗ばませていった。甘ったるい匂いのする発情の汗だった。私はその匂いを鼻腔いっぱいに堪能しながら、ねちっこく舌と指を動かした。

5

自分がこれほどしつこい性格だとは思わなかった。

四つん這いの女体にクンニリングスを施して、すでに三十分から四十分は経過している。いつもの三倍から四倍だ。それでもまだやめられないのは、桃尻を割った眺めがいやらしすぎることに加え、この先の展開に不安があったからだろう。

いくら中折れ防止のサプリメントを飲んだとはいえ、鋼鉄のペニスが手に入ったわけではない。サイズだって変わらない。となれば、挿入前にできるだけ女を絶頂近くまで追いこんでおきたいと思うのは、ごく自然な発想だろう。

とはいえ、そんな心積もりを知るはずがない理菜子は、私の舌技に翻弄《ほんろう》されきっていた。絶頂近くに追いこむどころか、何度も達しそうになっているのに、寸止めの苦悶《くもん》を味わわせていたからだ。

「ああっ、お願いっ……やめないでっ……イキそうなのっ……お願いだから途中でやめないでえええっ……」

涙声でそんな哀願を繰り返しても、私は非情に中断する。決してオルガスムスを与えない。指や舌で与えてなるものか、と思う。

「あああああーっ！　意地悪しないでイカせてえええええーっ！」

やるせなさにいまにも泣きだしてしまいそうな理菜子の尻の穴を、私はねちっこくいじりまわした。そんなところだけいじっても、イケるわけがない。よけいにやるせなさが募《つの》るばかりだ。

「自分ばっかり気持ちよくなってないで、僕のも舐めてくれよ」

珍《めずら》しく、自分からフェラチオを求めてしまう。私はすでに全裸になっていた。股間のイチモツは痛いくらいに勃起して、かなりの急角度で反り返っている。まるで三十代に戻ったかのようだったが、フェラをされればもっと硬くなるかもしれない。

「あああっ……あああああっ……」

理菜子は四つん這いの肢体を反転させ、私の方に顔を向けた。長い黒髪がざんばらに乱れていた。髪をかきあげて露わになった美貌《びぼう》は、いやらしいくらいにねっとりと紅潮していた。

「ねえ、ちょうだいっ……これをちょうだいっ……」

うわごとのように言いながら、ベッドの下で立ったままの私の腰にむしゃぶりつき、勃起しきった男根をつかむ。卑猥な手つきで根元をしごき、亀頭にねろねろと舌を這わせてくる。

「むむっ……い、入れてほしいのか？」

私は首に筋を浮かべながら訊ねた。鏡を見なくても、自分の顔もひどく紅潮しているのがはっきりとわかった。

「欲しいっ……欲しいのっ……」

理菜子が口唇に亀頭を含んで吸いしゃぶる。

「バックから欲しいんだな？」

「そ、それはっ……前でもいいっ……ぅんあっ！」

言いながら亀頭を頬張ってくる理菜子は、どこまでも心根のやさしい女だった。あるいは体位になど構っていられないほど、発情しきっているのか。

「後ろから入れてやるよ」

彼女の意見がどうであろうが、私の心は決まっていた。

「後ろからガンガン突いてやる」

「う、嬉しいっ……あああっ……ぅんあああっ……」

結合のシーンを想像してしまったのか、理菜子は汗まみれの肢体《したい》を身震いさせた。興奮に身震いしたのだ。

いやらしい女だった。

これほどの美人にもかかわらず、まるで淫乱のように私の男根を舐めしゃぶってくる。じゅるっ、じゅるるっ、と音さえたてて、したたかに吸いたててくる。

「よし、尻を出すんだ……」

私は満を持してベッドにあがった。四つん這いになっている理菜子の尻に腰を寄せ、濡れた花園に勃起しきった男根をあてがった。

「いくぞ……」

ゆっくりと腰を前に送りだした。アーモンドピンクの花びらを巻きこみ、ずぶりっ、と割れ目に亀頭を埋めこんだ。

「んんんんんっ……」

理菜子がうめく。息を呑み、四つん這いの肢体をわななわなと震わせる。

私は一気に最奥まで突き進めなかった。焦《じ》らしたわけではない。いつもとは違う結合感に、戸惑ってしまったからだ。

バックからの体位はやはり、女を抱いている実感に乏《とぼ》しかった。体と体が密着している部分がほとんどなく、ただ性器だけを繋げている感じだ。

「むううっ……むううっ……」

戸惑いながらも、私はじりじりと結合を深めていった。抱いている実感の乏しさは逆に、男性器官を敏感にしているようだった。それを包みこんでくる濡れた肉ひだの感触に、すべての神経が集中していた。なんだか一枚一枚のひだの動きまでわかるような気さえする。

ずんっ、と最奥まで突きあげると、

「はっ、はぁあああああーっ！」

理菜子は獣じみた悲鳴をあげ、汗ばんだ背中をのけぞらせた。まだ結合したばかりだった。前回にはなかった派手な反応に、私は有頂天《うちょうてん》になった。

結合の実感を噛みしめるため、しばらく動かずにいようと思っていたのに、動かずにはいられなかった。ゆっくりと入って、もう一度入っていく。肉ひだがぴったりと吸いついてくる。ピストン運動が始まってしまう。理菜子の中は奥の奥までよく濡れて、ずちゅっ、ぐちゅっ、と卑猥な肉ずれ音がたつ。

「ああっ、いやっ……いやあああっ……」

理菜子は抜き差しの音を羞じらいながらも、もはや乱れることをとめることができない。ずちゅっ、ぐちゅっ、ずちゅっ、ぐちゅっ、と蜜壺を穿《うが》つほどに、身をよじる動きが淫らになっていく。両手でシーツを掻《か》き毟《むし》り、くしゃくしゃにしてしまう。

私はその時点で、すでに夢中になっていた。自分でも驚くほど、腰が使えた。サプリメント効果に加え、理菜子のいやらしい反応が男根にいつも以上の硬度を与えてくれたし、ぐいぐいと腰を使っても息などまったくあがらない。

急にスーパーマンになったわけではなかった。秘密は理菜子の小ぶりの桃尻だ。小さな尻は、バックから突きあげやすいのだ。豊満な尻だとコントロールに難儀する。勢いがつきすぎて抜けてしまうこともあるが、理菜子の尻は面白いくらい自在に扱えた。こんなカラクリがあったのかと、目から鱗《うろこ》が落ちるような思いだった。

にわかにやる気がこみあげてきた。

彼女がバックからの結合を好むのは、なにも巨根の絶倫男と付き合ってきたからでないらしい。彼女自身の身体的特徴が、その体位を選ばせていたのである。この桃尻が、バックス好きにさせたのである。

「ああっ、いいっ……いいいいいいいーっ！」

その証拠に、理菜子は掛け値なしで乱れていた。喉が涸《か》れそうなほど声をあげ、玉袋の裏までタラタラと垂れてくるほど発情の蜜を漏らしている。

「ねえ、すごいっ……気持ちいいっ……すごく感じるっ……」

涙目で振り返った理菜子の乳房を、私は後ろからすくいあげた。ぐいぐいと揉みしだいては、乳首をコリコリと押しつぶした。

「はっ、はぁあああああーっ！」

理菜子はちぎれんばかりに首を振り、長い黒髪を振り乱した。

「ダ、ダメッ……それはダメッ……そんなことしたらイッちゃうっ……イクイクイクッッ……はっ、はぁあおおおおおおーっ！」

ビクンッ、ビクンッ、と腰を跳ねさせて、オルガスムスに達した。乳房を揉んでいるので、私の胸は彼女の背中に密着していた。バックスタイルにもかかわらず、五体を震わす淫らな痙攣が生々しく伝わってきた。

しかし、それに淫しているわけにはいかなかった。私にも限界が迫っていたからだ。絶頂に達した蜜壺は締まりを増し、男の精を吸いだそうとしてきた。耐えがたい勢いで、射精の前兆がこみあげてくる。

「むううっ！」

私は必死の思いで乳房から両手を離し、上体を起こした。柳腰をつかむなり、怒濤《どとう》の連打を送りこんだ。頭の中は真っ白だった。射精以外のことはもうなにも考えられなかった。ひいひいとよがり泣いている理菜子の桃尻を、ただひたすらに突きあげた。パンパンッ、パンパンッ、と桃尻を打ち鳴らす音が、興奮を煽《あお》りたてた。力がみなぎる音だった。正常位ではないのに、男に生まれてきた悦びを嚙みしめずにはいられなかった。

「で、出るっ……もう出るっ……おおおっ……おおおううーっ！」

雄叫《おたけ》びとともに最後の一打を打ちこみ、男根を引き抜いた。理菜子の蜜でヌルヌルになった肉棒を握りしめ、思いきりしごきたてた。ドクンッ、という衝撃とともに、煮えたぎる欲望のエキスが噴射した。私は恥ずかしいほど身をよじりながら、打擲《ちょうちゃく》によって赤くなった桃尻に、次々と白濁のつぶてを着弾させた。

「おおおおっ……おおおおっ……」

「はぁああっ……はぁああっ……」

射精を続ける私の前で、四つん這いの理菜子が体中の肉を痙攣させていた。ガクガク、ぶるぶる、と腰や尻を震わせる姿がどこまで卑猥で、私は限界を超えて白濁の粘液を漏らしつづけた。

6

すべてが終わった。

荒ぶる呼吸を整えながら、うつ伏せで倒れている理菜子の隣に体を投げだした。

全身、汗みどろだった。ペニスはもちろん、陰毛から玉袋の裏まで、理菜子の漏らした蜜と男の精でヌルヌルになっている。

それでも、すぐにシャワーを浴びる気にはなれなかった。

理菜子と離れたくなかった。

うつ伏せの体を横向きにして、ぎゅっと抱きしめた。彼女の体も汗まみれで、素肌と素肌がヌルリとすべった。まだ恍惚《こうこつ》の余韻《よいん》が残っているせいか、そんなことさえたまらなく気持ちよかった。

「すごく……よかった……」

理菜子がささやく。瞳がねっとりと濡れ、目の焦点が合っていない。

「こんなによかったの、わたし、初めてかも……」

「結婚してくれ」

私は言った。まだ生々しいピンク色に染まっている理菜子の顔をのぞきこんだ。

「バックでうまくできたら、言おうと思ってた。こんなシチュエーションでプロポーズするなんて格好悪いけど、俺はいま、猛烈に感動している。この世に生まれてきてよかったと思ってる。キミのおかげだ。だから、いま言った……」

「……嬉しい」

理菜子は嚙みしめるように言い、私の胸に顔を預けた。私は有頂天だった。断られることなど微塵《みじん》も考えていなかったし、実際に理菜子は断らなかった。幸せだった。彼女のことも、この世でいちばん幸せにしてやろうと思った。

しかし……。

「ひとつだけ、条件出してもいいですか?」

理菜子に甘えるような上目遣いを向けられ、

「ああ」

私は笑顔でうなずいた。なんでも言ってくれとばかりに、乱れた黒髪を撫でてやった。

「わたし、子供のころからマイホームが夢だったんです。新居にマンション買ってくださ
い。他にはなにもいりません。結婚式も結婚指輪も新婚旅行もナシでいいから、新居のマ
ンションだけは……」

どうやら宝くじに当たってしまったらしい。

まさかの結末に、私は天を仰《あお》ぎたくなった。

人妻・美味《うま》すぎる熟肉

館 淳一

著者・館《たて》 淳一《じゅんいち》

一九四三年北海道生まれ。日大芸術学部放送学科卒業。芸能記者、別荘管理人、フリー編集者を経て、七五年ハードバイオレンス小説『凶獣は闇を撃つ』で衝撃デビュー。一七〇冊以上の作品を上梓。近著に『キラー・レディ伝説』『耳の端まで赤くして』などがある。

1

「あら、悦生《えつお》さん……？」

焼香《しょうこう》を終えて、参列者の控《ひか》え室《しつ》に戻ろうとして式場の出口に近づいた時、そのあたりに佇《たたず》んでいた数人の参列者のうちの一人の女性が、ふっと、ためらいがちな声をかけてきた。

「え⁉」

不意をつかれた感じで振り向くと、黒い、半袖のワンピースドレスに身を包んだ熟女だった。華《はな》やかな顔立ちの美人である。瞬間、誰だか分からなかった。だがすぐに切れ長の目と、どこか棟方志功《むなかたしこう》の描く女性に似た容貌《ようぼう》と雰囲気で思い出した。

「や、奈緒子《なおこ》姉さん……ですか？」

年のころ四十前後と思われた、ふくよかな体型の美女は白い歯を見せてニッコリと笑った。「大輪の花が咲きこぼれるような」という形容を使いたいほどあでやかな笑顔。

「ああ、やっぱり……。感じが似ていたから、そうかなと思ったの」

そうやって笑うと切れ長の目がさらに細くなり、まるで目を閉じたのではないかと思わせる。そこが若い頃の奈緒子の特徴で、それは今も変わらなかった。

「奈緒子姉さんが来てるとは思わなかった。こんなところで会うとは、驚きました」

場所は芝《しば》・増上寺《ぞうじょうじ》。宇田《うだ》悦生はその日、九十二歳で大往生《だいおうじょう》を遂《と》げた大伯父の通夜《つや》に列席するため式場にやってきた。

「私こそ、まさか、悦生さんが来るとは……。ひょっとしたら薫子《かおるこ》おばさま――お母様がいらっしゃるかと思ってはいたんですよ」

「本来はそうなんですけどね、母は最近、腰を痛めて、葬儀のような場は苦手としているんですよ。それでぼくが代理で香奠《こうでん》を持ってきたんです」

「ちょっと動きましょう」

彼らの背後からは焼香を終えて退出する参列者。その邪魔にならないよう、年上の女のほうが若者を促《うなが》して控え室へと誘った。二、三歩、前を行く彼女の後ろ姿を見、

（わ、いいお尻……）

若者は目に飛び込んでくる、黒いシルクのタイトなワンピースに包まれたヒップが揺れる光景に、心臓を鷲摑《わしづか》みにされるような衝撃を覚《おぼ》えた。

よく成熟した健康な女の、肥満と言うほどでもないがたっぷりと脂肉《しにく》の載《の》った女体の背中から尻への魅惑的なカーブは、彼の牡《おす》の欲望をそそり煽《あお》るには充分なエロティシズムを

湛《たた》えている。

膝丈《ひざたけ》の裾《すそ》から見える脚線はそれなりにすんなりとして形よく、それは薄い黒いナイロンに包まれていた。黒ずくめの喪服は、実際以上に男の欲望を刺激するところがあるが、今の奈緒子がまさにその見本だった。

控え室には焼香をすませた参列者のために茶菓と軽食の用意がされていた。二人はテーブルに差し向かいに座り、式場の従業員が淹《い》れてくれた緑茶を啜《すす》った。少しの沈黙のあと、

「今日はこれでお帰り？」

と奈緒子が訊いた。

「ええ、大伯母さんと伯父さん伯母さんには挨拶《あいさつ》しましたし、他に用がある人もいませんので」

「それで……、悦生さんは今も夢見山《ゆめみやま》に住んでるの？」

奈緒子と悦生は十七年ぶりに会った。彼女は悦生の母方の縁戚なのだが、母の薫子とも疎遠になっていた。

悦生がなんとなく奈緒子の結婚を伝え聞いたのは、まだ高校生の頃だ。相手は確か、商社マンだったはず。子供も生まれたのではないか。母親が祝いの品を送るというので悦生

がデパートで商品券を手配した。その時の宛先は北米のシアトルだった。

「いえ。ぼくの勤め先は『ケミテック精密電子《せいみつでんし》』と言って川崎《かわさき》なんです。ですから鶴見《つるみ》の独身寮にいます」

「そう……。独身寮……。じゃあまだ結婚してないのね」

ニッコリ笑うと、そのあでやかさに悦生はくらくらするような眩《まぶ》しさを覚えた。実際、奈緒子の肌は輝くような透明感のある白さなのだ。葬儀だから化粧は控え目なのだろうが、肌の瑞々《みずみず》しさは娘時代と変わらない。

「ええ……」

ちょっと考えるふうだった奈緒子が思い切った表情を見せて、つまりヒタと悦生を見つめるようにして言った。

「もしまだ時間があるようだったら、私の家に寄って行かない？　実はここからすぐ近くなのよ。汐留《しおどめ》のマンションなの」

奈緒子の夫は数年前、再開発地区の一画にそびえ立つ高層マンションの一室を購入したのだという。

「えーッ、あんなすごいところに？」

「それほど驚くことはないのよ。まあ夫は独立して小さな商社を興《おこ》したのだけれど、それがまずまず儲《もう》かっているので買えたの」

家族は夫とひとり娘の三人暮らし。夫は二週間ほどの予定でアメリカ西海岸に出張している。その地のワインメーカーと取引きがあり、それが日本では売れているのだという。

「娘のナオミは高校生なのだけど、アメリカのミシガン州にある姉妹校に交換留学してる。今夜は私ひとり。だから気兼《きが》ねすることないの。ぜひ寄ってちょうだい。ほら、積もる話もあるでしょう。私が守らなかった約束のこともあるから、悦生さんのこと、ずっと気にしていたのよ。ここでバッタリ会ったのも、神様のはからいかもしれない……」

また唇を少し開けてニコッと笑いかけた。

悦生の背筋をゾゾッという戦慄《せんりつ》に似た感覚が走り、彼の股間で肉が一気に熱くなった──。

2

──三十分後、悦生は奈緒子たちが暮らすマンションのリビングルームにいた。

四十五階建ての三十八階。眼下に浜離宮《はまりきゅう》庭園を見下ろし東京港が一望という、まさに一等地の億ションであった。内装も家具調度品《ちょうどひん》も、そうとうに金がかかったものだ。

三十人ぐらいの立食パーティが出来そうな広さのリビングルームに彼を導いた奈緒子は、いち早く鮨《すし》の出前を頼み、冷えた缶ビールとグラスをテーブルに置いて、

「ちょっと着替えてくるわ。ビールを呑《の》みながら待っててね」

そう告げて廊下の奥のドアの向こうに姿を消した。そこが寝室なのだろう。室内を眺めわたして、どうやら3LDKだろうと見当をつけた。

(最後に会ってから何年経《た》つかな。ええと……中学三年で十五歳だったから、もう十七年も前か。ついこないだのような気がする。奈緒子さんはまだ女子大生だった。あのひとが今は優雅な熟女夫人になって目の前に現れるとは……。しかも「約束は忘れていない」と言って……)

手持ち無沙汰《ぶさた》の悦生の思考は、過去の記憶を甦《よみがえ》らせていった。

――悦生の家は首都圏のはずれにある夢見山市。奈緒子は同じ市内にある関東文科大《かんとうぶんか》に入学してきた。

奈緒子の実家は確か仙台《せんだい》だったはず。入学が決まった時、こちらでの保証人になってほしいと実家から母親に依頼がきた。もちろん母親は承諾した。

上京してきた奈緒子が悦生の家にやってきて彼の両親に礼を言った。その時初めて、奈緒子という遠縁の娘の存在を知った。

その時の印象では「大柄で垢抜《あかぬ》けない、ぶすッとした感じ」で、女きょうだいがいないこともあって異性には敏感なはずの悦生なのに、さほど関心を抱かなかった。

三年後、外務省の外郭団体に勤務していた悦生の父親が単身、カナダのモントリオールに出張中、交通事故に遇《あ》い、緊急の外科手術を受けた。生命に別状はないというものの、帰国できるようになるには二週間はかかるという。その間、家族が行かねばということで、悦生の母親が急ぎ駆けつけることになった。

その時に困ったのが、高校受験を間近に控えていた悦生のこと。母親は同じ市内のアパートに暮らす遠縁の娘に頼み込んだ。

「悪いけれど、二週間ぐらい、息子の面倒をみてくれないかしら」

奈緒子は卒業を控えた四年生で、もう就職も決まっていた時期だ。

「分かりました。私、自炊には慣れてますから、料理は全然苦になりません」

悦生の母は安心してモントリオールへ向かった。

母親が発《た》った日の夕刻、悦生が学校から帰ると、遠縁の娘が来て料理をしていた。

「あら、悦生くん、もう帰ったの？　いまカレーライス作ってるところだから、もう少し待ってね」

笑顔で迎える奈緒子を見て悦生は驚いた。

（え、これがあの時の人……!?）

そんなふうに目を疑うほど、ガラリと雰囲気《ふんいき》が変わっていた。

やぼったい、のっそりむっつりという感じだったのに、ファッションも今どきのギャルという華やかさで、長い髪を美しくまとめ、体型もモデルかキャンペーンギャルのようにすらりとして、十五歳の少年が挨拶するのにも思わずドギマギしてしまうような溌剌《はつらつ》とした魅力を溢《あふ》れさせていたからだ。

奈緒子は手際《てぎわ》よく、味もまあまあのカレーライスを作ってくれ、ついでに簡単な朝食、翌日の弁当まで用意してくれた。

「さあ、食べて」

「お姉さんは食べないの？」

食卓には一人分の皿しか用意されていない。

「うん、私はいいの。いまアルバイトしてて、行った先で賄《まかな》いの料理が出るから」

「へえー、そうなんだ。どんなアルバイト？」

「まあ、ホテルが働き場所ね」

「ふーん」

悦生は勝手にホテルのメイドとかウエイトレスのような職種だと思いこんだ。

レースやフリルが多くついたブラウスにタイトミニのスカートを穿《は》いた娘は、大きなボストンバッグを提《さ》げて立ち上がった。

「じゃあ、明日、また来るから……。あ、そうそう。私のアパートの洗濯機、調子が悪いので、おたくのを借りて動かしたの。全自動なのね。止まったらそのままにしておいてちょうだいね」

そう言われれば洗濯機置き場からドラムの回転するゴトゴトという音が聞こえてくる。

「うん、分かった」

「じゃあねー」

彼女が出てゆくと、女子大生にしては官能的すぎるような香水の匂いが残った。悦生はふうッとため息をついた。

――その夜、勉強を終え、風呂に入ろうとして脱衣所に入った悦生は、全自動洗濯機が青い停止ランプを点灯させているのに気づいた。悦生の目が洗濯機に釘付けになったのは、透明な丸いガラスドアごしに見えた色彩のせいだ。

赤、ピンク、黒、そして紫。

悦生は思わず息を呑んだ。

（へえー、奈緒子姉さんって、こんな色のついた下着を着けているのか……）

当時の十五歳の童貞少年にとって、二十二歳、じゅうぶんに成熟した健康な「女」である奈緒子が、その肌に着けている衣類は、なんとも魅惑的なモノに思えた。

(ダメだよ、人のもの、それもお姉さんの下着なんかに触《さわ》ったら……)

頭のなかで、必死に制止する声がする。しかし同時に、

(いいじゃないか、この家にいるのはおれ一人。見て触るだけだったら気付かれない。戻しておけばいいんだから……)

唆《そそのか》す声も聞こえる。

悦生はついに誘惑に負けた。洗濯機の透明な蓋《ふた》を開けた——。

ほとんど乾いている、まだ温かい下着の山から取り出した一枚の布は、赤いパンティだった。前のほうはほとんどがレース、後ろはツルツルしたナイロン。両脇は紐《ひも》のように細い、Tバック。

(へぇえ、こんなのを穿いているんだ)

さっきまでここに居た奈緒子の、ぴったりしたタイトスカートの下、むっちりと張り出していた臀部《でんぶ》を、こういった布地が包んでいるわけだ。

やや震える手は、それを裏返しにせずにはいられなかった。女のもっとも秘密の部位に密着している部分に鼻を近づけずにはいられなかった。もちろん洗剤の香りしかしなかっ

たが……。

「あ」

赤い布を手にした少年は、その時初めて自分の下腹部に異変が起きていることに気付いた。腰に巻いたバスタオルの前の部分が内側から突きあげられてテントのようになっている。バスタオルを外した悦生は、思わず叫ぶところだった。

（わ、わ、こんなになってる……！）

彼の、ようやく濃くなった陰毛の底から、ペニスがかつて見たことがないほど膨張《ぼうちょう》し、下腹にくっつかんばかりにそり返っている。

そんな状態のペニスは一度も見たことがなかった。少年は激しい性欲の嵐が自分の肉体のなかで渦巻《うずま》き、その沸騰《ふっとう》したエネルギーが出口を求めているのを知った。

「う、あ、はあはあ……」

彼は喘《あえ》ぎながらペニスをしごき始めた。強烈な快感が腰骨から脳を突き上げ、童貞の器官から白濁した液が勢いよく迸《ほとばし》った。

「ああ、ああ、あー！」

叫びながらガクガクと腰を打ち振る全裸の少年。蹴飛《けと》ばされたような、強烈な衝撃を伴《ともな》う快感が全身を駆け巡った。

かつて味わったことのないほど激烈な快感が少年を打ちのめし、正気が戻ってきたのは五分ぐらいも経ってからのことだ。昂奮の原因は、明らかに年上の娘、奈緒子が肌に着けていた下着のせいだ。

——それから二週間、奈緒子は毎日欠かさず悦生の家にやってきて、夕食を作ってくれた。二日に一度は持参した下着の類《たぐい》を洗濯機で洗って乾燥させ、翌日に持ち帰った。

彼女は中学三年生の悦生が、毎夜、それらの下着の中から特に肌触りのよい、セクシーな色とデザインのパンティの類をベッドに持ち込んでオナニーに耽《ふけ》っている——と気付いてはいない様子だった。なぜなら汚した下着は彼がまた洗濯機で洗っていたからだ。

3

——あッという間に二週間が過ぎ、快方に向かった父親は看護に飛んだ母親と共に明日は成田《なりた》に帰着するという日、いつものようにやってきた奈緒子は、夕食の食卓に二人ぶんの料理を並べた。

「え、今晩はお姉さんも食べてゆくの？」

「まあ、明日からはもう来なくてもいいとなると、なんとなく悦生くんとお別れするのも寂しくなってね……。今日はアルバイトもないから、一緒に食べさせてよ」

　奈緒子の言葉を聞いて少年の心が躍《おど》った。嬉《うれ》しさが声に出た。

「うん、いいよ。ゆっくりしていってよ。何なら泊まってゆけば？」

　この家には、客用の和室がひと部屋あるのだ。彼女ひとりが泊まってゆくのに不自由はない。寝具も用意されている。母親も奈緒子にそう勧めていた。

「そうね……。そうしようかな。悦生くんがよければね」

　奈緒子は簡単に少年の勧めを受け入れた。悦生はますます嬉しくなった。

　いろんな会話を弾《はず》ませた夕食が終わると、彼女は手早く後片づけにかかりながら言った。

「きみは勉強があるんでしょう？　私は見たいテレビがあるからそれを見たらお風呂に入って先に寝かせてもらうわね。さあお部屋に行きなさい。夜食はいつものように用意しておくから」

　もっと彼女と何か話したいと思っていた悦生は、少しがっかりした。もちろん奈緒子の言うことが正しい。受験を控えた彼の日課は十二時まで机に向かうことだ。しぶしぶ彼は二階の自分の部屋にあがっていった。

　それから少し勉強したがどうにも集中できず、いつもより早めに切り上げた。居間に奈緒子の姿は見えなかった。寝たのだろう。

浴室へ行き、歯を磨きながら洗濯機を観察する。二日に一度はそこへ投げこまれている下着類は今日は入っていない。

(残念だな、もう触れないと思うと……)

浴槽に張られた湯に体を浸《ひた》すと、少年の下半身でペニスは自然に勃起した。ついさっき、同じ湯に奈緒子が入っていたと思うだけで若い性欲が刺激されるのだ。

全裸で腰にバスタオルを巻いたまま脱衣所を出た悦生は、その姿で自分の部屋に戻った。湯上がりの体をしばらく涼《すず》ませて、それからブリーフを穿きパジャマに着替えてベッドに入る——それがいつもの習慣だ。

その習慣は、自室のドアを開けた瞬間に破られた。

「あ……、奈緒子姉さん……」

少年は呆然として立ちすくんだ。

彼のベッドに、掛け毛布をはねのけ白いシーツの上にセクシィなランジェリー姿の奈緒子が横たわっていたからだ。

若い娘は薄く化粧した顔に妖《あや》しい笑みを浮かべて、凍りついたような少年に、自分の肉体を誇示するかのように片膝をたてて横臥《おうが》の姿勢になった。

「ふふ、今夜が最後だから、きみにいいことをしてあげようかな……って思って。いつも私のパンツでオナニーしていたんでしょう？　今日は生身の私に触れてみて」

奈緒子は、自分の下着が少年のオナニーに用《もち》いられていることを察していたのだ。おそらくは付着した精液の痕跡が残っていたのだろう。

「あ、ああ、う……」

少年はものも言えずただガタガタと震《ふる》えていた。そして下腹では若い欲望器官が勢いよく勃起していった。

（女神みたいだ……！）

悦生の脳裏《のうり》をそんな思いがかすめた。

大柄でしっかりした骨格をもつ娘の、ふっくら盛り上がった乳房には四分の三カップの赤いブラジャー、下半身にはレースから黒々とした秘毛のデルタが透《す》ける赤いパンティ、そしてキュッとくびれたウエストにはやはり赤いガーターベルトを着けて、黒いストッキング——腿までのガーターストッキングというやつ——を吊っている。まだ女性の体を抱いたことのない童貞の若者にとって、それ以上は無いという刺激的な姿だ。

なにより、照明の光を跳《は》ね返す、大理石のように艶やかな腿の白さ。そして真っ赤なスケスケのパンティ。薄いナイロンに押しつぶされた黒々とした秘毛の繁み。白、赤、黒の三色のコントラストが彼の網膜に強い官能的な刺激を与えずにはおかなかった。

ニッコリと笑う奈緒子の顔がふいに女神のような神々《こうごう》しさを湛えた、この世界に降臨した別世界の人間のように思えた。

「ふふ、何をびっくりして見てるの？」

全裸にバスタオルを腰に巻いただけの少年が立ちすくんでいると、遠縁の女子大生は猫のようにしなやかな身のこなしで動き、悦生と向かいあって立つなり、手を伸ばしてバスタオルを剝《は》ぎ取った。

「あッ……」

悦生は驚いて両手で股間を押さえる。

「あはッ、きみはけっこう立派なチンチンの持ち主ね。さあ、ここに座って」

肩を押さえられて、ベッドの端《はし》にストンと座らせられた悦生。

「え、奈緒子姉さん……」

真っ赤になって、金魚のように口をパクパクさせる少年の両足を開かせ、股の間に片膝をつくようにしゃがみこむ。大胆な手が熱い、固い、そそり立つ棒状の肉を摑む。

「あーッ、ダメです、奈緒子さん……」

「何がダメなのよ、悦生くん。こんなにギンギン、ガチガチにおっ立てて……。あらあら、もう涎《よだれ》だって流してる」

嬉しそうな表情になった。

「ピンク色して尖《とが》って、すっごくきれい」

その格好でベッドの端に腰かけたままの若者の前に片膝をついてしゃがみこむと、

「まあ、ズキンズキンいってる。これだったらひと晩に二度や三度は平気ね。だけどおいしそう」

悦生の青筋を立てて、赤みを帯びたピンク色の亀頭をふりかざしている童貞器官を、まるで美味な食べ物でも見るかのような、うっとりした表情で眺めていた奈緒子がいきなり顔を伏せてきた。

カプッ。

濡《ぬ》れた、温かい感触。

「わッ、あうう、奈緒子さん……ッ！」

悦生は驚いた。まさか自分のペニスがくわえこまれるとは思ってもいなかった。

それは彼も、こっそり借りてきたアダルトビデオを見てオナニーをすることもあるから、フェラチオという行為を知らないわけではないが、まさか今、この瞬間に自分がされるとは思ってもみなかった。

（こんなこと、されていいのか……？）

真っ先に思ったのはそういうことだ。しかし次の瞬間にはもう、そんな遠慮のようなものは吹き飛んだ。

「あうう、くーッ……。き、気持いい」

かつて味わったことのない、舌で舐《な》められ唇でしゃぶられるという刺激で、それこそ腰のあたりが溶《と》けてしまうのではないかと思うほどの甘美きわまりない快感が小柄な彼の体を圧倒したからだ。

ピチャピチャ、クチュクチュ。

ズズーッ、ペロペロ、ブチュー。

唾液を口のなかいっぱいに溢れさせて、舌をからめ、唇をすぼめ、さらにはキツツキのように頭を前後に動かして、ギンギンに硬くなっているペニス全体をピストンのように口の奥まで出しいれする年上の美しい女性。

（夢なら覚《さ》めてもいい頃だ……）

ベッドの端に座らせられ、片方の脚をうずくまった奈緒子の肩にのせるような体位でフェラチオされる若者は、思わず背を反《そ》らし太腿の筋肉をびくびくと痙攣《けいれん》させながら、アーとかウーとか、バカみたいな呻《うめ》き声をあげ続けた。まったく、こんなふうに快楽を与えられていることが信じられない。

あと三十秒もそれを続けられたら、間違いなく悦生はイカされていたに違いない。だがふいに温かな口はスポッと音をたてて彼の怒張した器官から引き抜かれた。

「あ、あ……」

思わず不満の声をあげる少年。

「楽しみはこれからよ。さあ、そこに寝て……」

弟のような少年の裸身を、まるで押し倒すようにして真っ白なシーツの上に仰向《あおむ》けに寝かせた。

その上から赤いランジェリーに黒いガーターストッキングという超セクシーな姿の奈緒子が覆いかぶさってくる。

いい匂いのする熱い肌がぴったりと悦生を包みこみ、ふっくらした赤い唇が真上から悦生の上に押しつけられてきた。

（わッ、キスだ……！）

と思った瞬間、まるで独立した生き物のような感じで舌が彼の歯をこじあけて滑《すべ》りこんでくる。

もちろん悦生にとって、こういうキスも初めてだ。生まれて初めて味わう女性の唾液の甘さに驚き、舌に舌がからみついてくる感触に背筋がざわーッと総毛立つ。

自分がキスしている口は、今まで自分のペニスをくわえこんでしゃぶりまわしていたものなのだが、そんなことはどうでもよかった。夢中になって少年は、熱い、柔らかく、しかも弾力に富んだ肉に腕を回してぎゅーと抱きしめた。

「時間はあるから、あまり焦《あせ》らないでね。ともかくお姉さんにまかせて。うふふ……、こういうせりふを一度言ってみたかった」

ディープキスの合間にそう言って笑った奈緒子は、今度は自分がシーツの上に仰向けになった。しなやかな手指が、肉の槍《やり》となっている欲望器官にからみついてきた。

「信じられない。こんなに大きくなって固くなって……。きみ、大きくなったら女の子にもてるよ」

感心したり嬉しがったりしている奈緒子は、まず悦生にブラジャーを脱がさせた。

どうやって脱がすのか見当もつかない若者に着脱の構造を教えて、パンティとペアデザインの、乳首の透けるようなカップの赤いブラジャーを外させると、ぶるんとうち震えるようにして、ドラマティックに二つの白い肉丘が全容を現した。

「うーん、すごい、きれいだ」

悦生は思わず感嘆の声を口にした。

見事なふくらみの頂上部分にはやや広めの乳輪。それは赤いバラの色で、頂上にぷるぷる震えるようにして尖っている乳首は少し暗いバラの色。どうしたって吸いつきたくなる欲望をそそらずにはおかない。

「す、吸っていいですか、奈緒子さん」

呼吸も荒い少年が許可を求めると、健康で瑞々しい女の魅力で完全に彼を支配している女子大生は、ニッコリ笑って頷いた。

「もちろんよ、だってこれは男の人たちを喜ばせるために、ここにあるんだもの」

悦生は無我夢中で彼女の左側の乳首に、腹をすかせた赤ん坊のように吸いついた。ちゅうちゅうと音をたてて吸いながら、もう一方の手で右の乳房を鷲摑みにする。

（うーん、なんて気持いいんだ）

掌《てのひら》に伝わってくるムチムチとした、空気がいっぱい詰まったゴムまりのような、若い脂肉の弾力。女の乳房に触れることがこんなに気持いいことなのだと、悦生は初めて知った。

「もっと強く吸って。ああ、う、ああー、気持いい」

童貞の少年に乳首を吸われ、形よい豊かな——今思えばたぶんFカップぐらいの——ふくらみを揉《も》まれる奈緒子は、しなやかな肢体をくねらせるようにしてシーツの上で悶《もだ》えた。

その肌はしっとりと汗ばんできて、驚くほど熱い。

（ああ、感じてるんだ。感じさせているんだ……）

今まで一方的に何かされる側だった悦生は、ここで生まれて初めて、快感を与える立場を実感した。それは強い感動と同時に昂奮を倍加させた。

悦生は奈緒子の乳首にしゃぶりつきながら、もう一方の手は自然に、彼女のなめらかな、しっとりと汗ばんだ肌を撫で回していた。そうすると「あ」とか「ううッ」という悩ましい呻きやら短い叫びをともなってびくんびくんという反応が起きる。撫でられることで女体がそんなに感じるというのは、やはり驚きだった。

「ああ、かわいい、まるで弟としてるみたいだわ。昂奮させられるぅ」

奈緒子もそんなことを口走った。彼女には悦生と同じ年代の弟がいたのだろうか。

「ああー、もう我慢できない。脱がして」

悦生が震える指でパンティの腰ゴムに手をかけてぐいぐいと引き下ろす。

「そこ、触って……」

女子大生の娘に促されて、さわさわした、何ともいい触感を与えてくれる秘毛の繁みの底のほうに指を這わせてゆくと、熱い液で潤《うるお》っている谷間があった。

（ここが女の人の穴か……）

生まれて初めて触れる神聖な部分。そこに自分の指がめりこんで、熱い液でまぶされている。

「そう、そこが入り口。きて……」

奈緒子は手を伸ばし、まだ女体を知らない少年の勃起を根元で摑むと、その先端を自分の濡れそぼった谷間の奥へと導いていった。

(ぼくに、させてくれるんだ……)

悦生は身震いするような感動を味わいながら、少し年上の女の、かぐわしい甘い匂いのする肉に自分を重ねていった。

肉槍の先端が濡れた粘膜の谷を分けるようにして、かなり下のほうに誘導された。

「そこよ。来て」

仰向けになり両脚を割って少年を受け入れる体勢になり、彼の裸の腰に両手を巻き付けた奈緒子がぐいと引きつけるようにしたので、鉄のように硬くなった勃起器官は粘膜の奥へと突きこまれた。

ぐぐ、と熱い肉の抵抗が先端に感じられた。

「おお……」

奈緒子が、感嘆するような声をあげた。

「すごーい、硬くて熱い……」

　奈緒子の両手が悦生の首に巻きついてきた。

「うむむ……」

　温かいというより熱いと言ったほうがいいほどの肉がまつわりつく感触。悦生の欲望が集中している肉の槍は先端部がずぶりとめりこんで、抵抗する柔肉を押しのけて、さらに深く、突きこまれていった。

　ずぶッ。

　ある時点から抵抗が失《う》せた、と思ったら今度は引き込まれるような感じで、悦生の股間の槍は根元まで若い女の性愛器官に呑み込まれた。

「ああ」

「あう」

　同時に二人の口から声が発せられた。悦生のは驚きが半分こめられている。

「入った……。きみ、悦生くん。もう童貞じゃないよ」

　身長のわりには信じられないほど大きい、と奈緒子が太鼓判を押してくれたペニスは、完全に女体に嵌《は》めこまれてしまっていた。

「なんだか、すごくきつい感じ……」

悦生は思わず感想を口にしていた。

なぜなら、奈緒子の体深くに挿入された勃起器官は強い力で締めつけられて、抜くのも突くのも出来ないように思えたからだ。

「私、入れられた最初はすごくきついの。大丈夫。少しずつ動いてみて。そうすると動けるようになるから……」

奈緒子が悦生の耳に熱い息を吹きかけながら囁《ささや》き声で教えた。

「そうなんですか……」

全裸の悦生は、まだガーターベルトとストッキングは着けているものの、パンティは毟《むし》られて全裸同様の奈緒子を組み敷く体勢で、ほんの少しずつ腰を突きだしては引いてみた。

「あ、あっ、ううう……」

奈緒子の反応は敏感だった。僅《わず》か数ミリではないかと思うぐらいの前後の動きなのに、悩ましい呻き声をあげて首に巻きつけた腕に力をこめてしがみつくようにする。

（あれ、本当だ……、だんだん動きやすくなった）

最初はビクとも動かないのではないかと思ったほどの締めつけだったのが、小刻みに動かしているうち、ペニスが熱い液体に包まれるのを感じた。

それは錯覚ではなく、腰を使って出し入れするたび、ぴちゃぴちゃ、ヌチャヌチャという濡れた音がし始めた。愛液が溢れてきたのだ。そうすると締めつけは変わらないのにペニスは動きやすくなり、悦生はしだいにピストン運動のストロークを大きくしていけた。

「ああ、いい、ううう、あうーッ」

中学生の少年に組み敷かれ、大きく股を開いて彼の男根を突きたてられズコズコと抜き差しされる女子大生は、やがて自分もその動きに応じてリズミカルに下腹部を悦生に叩きつけるようにし始めた。

汗で濡れた肌が勢いよく打ちつけられると、ピタピタ、ペタンパチンという音が二人の一番密着している部分から発せられた。

「ああ、いい。ぼくもいい！」

強烈な快感が、見ようによっては女体を残酷なぐらいに串刺しにしている部分から湧きあがり、彼の腰をとろかしそうなほどに沸騰してくる。

「そう、その調子……」

奈緒子は嬉しそうな笑顔になって、下から悦生の唇に唇を押しつけてきた。濡れた舌が彼の口に滑りこんできてからみつく。悦生は本能の赴《おもむ》くまま魅力的な娘の甘い唾液を啜り服《の》んだ。

蜜液にまみれた怒張器官が勢いよく膣《ちつ》に打ちこまれ引き抜かれるピタピタという摩擦音に、彼の睾丸《こうがん》が振り子になって、大股びらきの奈緒子の肛門のあたりに打ちつけられる音が交互にたった。

（ああ、信じられない。こんなすてきな人とこうやってセックスできるなんて……）

どんどん高まってくる快感が少年の脳を痺《しび》れさせ、体の下の、ペニスを突きたてるたびに暴れ悶え、大きなよがり声をあげてのけぞる肉体のことを思いやる心の余裕などもう完全に失せてゆく。

「ああう、うう、おうー、もうダメ、奈緒子さん！　イク！」

小さなポットでお湯を沸かしていると、沸騰してきた湯が煮えくり返り、最後はてっぺんから蒸気を一気に噴《ふ》き上げる、そんな一瞬がやってきた。

「きて、きて。思いきりイッて！」

上半身は彼にしがみつきながら、下半身は特別なバネで出来ているかのように筋肉をしなやかに動かし、奈緒子は弓なりに裸身をのけぞらせて叫んだ。

その声に誘われるように悦生の体のなかで爆発が起きた。腰の後ろを蹴り飛ばされたような、背筋から尻の穴までズキューンと大電流の電気が走るような衝撃。

「あうー……！」

二度、三度と強く尻を打ちつけ、膣の一番奥の部分に射精した。悦生の牡《おす》のしるしである白い液体がドクドクッと噴射された。

「あー、あああ……、うう、ふう、ふはあ……。むー、うううん……、うー……」

正常位で熱く柔らかい女体にかぶさっていた悦生は、まるで断末魔の傷病人さながら悲痛とも思える呻き声をあげながら最後の一滴までをきつくギュギュッと締めつけるような膣奥へしぶかせた——。

それが最初の交わりで、それから何時間かの間、悦生は奈緒子に誘導されるまま、熱い蜜液で潤った肉体の奥、子宮めがけて三回も射精させられた。最後はぐったりと疲れて泥のような眠りに落ちていった。

4

翌朝、目が醒めた時、奈緒子の姿はもう無かった。朝食が用意されていたテーブルの上に書き置きが残されていた。
《勉強をがんばりなさい。きみが高校生になったら、またいろいろ教えてあげる》
それと彼女の白い愛液が付着した赤いパンティ。それは今でも悦生が宝物のように持っている記念物だ。その匂いを嗅ぎながら何度オナニーに耽ったか分からない。

両親が帰ってきてからは、奈緒子が悦生の家を訪ねてくることは無かった。

息子の面倒をみてくれたお礼にと母親は彼女を招こうとしたのだが、「アルバイトが忙しくて」とか理由をつけて招待に応じるのが延び延びになっている間に、いつしか連絡がとれなくなったらしい。

彼女の実家のほうで何かあったのかもしれない――と母親が言っているのを聞いたことがある。

翌春、悦生は無事、第一志望の高校に受かったが、その時点では彼女の消息が不明だった。二年後、「シアトルで商社マンと結婚した」という連絡が親元から伝わった。結局、「またいろいろ教えてあげる」という悦生との約束は、果たされることがなかった――。


「お待たせしたわね」

十五分ほど悦生を一人にしておいて、奈緒子が戻ってきた。

(え⁉)

回想の世界から現実に呼び戻された悦生は目を疑った。あまりにもセクシーな衣装に着替えていたからだ。

ノースリーブ。裾の長いスリップを思わせるワンピースだった。素材は絹で色はパールホワイト。薄くて肌が透けて見えそうだ。実際、豊かな胸の隆起の頂点にある暗いバラ色の乳首が透けて見える。下腹部は赤い、横を紐《ひも》で結ぶショーツで覆われているのがはっきり分かる。

「うふ、何を驚いているの？　私がきみを招《まね》いたのだから、目的は分かっているでしょう？」

艶然《えんぜん》と微笑し、テーブルを挟《はさ》んで差し向かいに座る奈緒子。

「あ、それはそうですけど……。奈緒子姉さんがあまりにも、その……、セクシーすぎて……。でもいいんですか？」

「何が？」

「ご主人がいるのに、ぼくと……」

ますます嬉しそうな顔になる熟女。

「全然かまわないの。あの人は私をよく理解してくれて、私が他の男性とセックスするのを許しているのよ。それも積極的にね。結婚する前からそうだった」

「えー、そんな……。そんなことがあるんですか？」

届いた出前の鮨を食べながら自分もビールを呑み、頰をうっすらと赤くした人妻は、遠縁の独身サラリーマンに説明した。

「あるの。実は私、性依存症だったの」

奈緒子の母親はひどい潔癖症できびしく娘を躾《しつ》け、常に優秀な成績をとるよう求めた。往々にしてそういう母親を持った娘が陥《おちい》るのが性依存症という心の疾患だ。

表面的には母親の言いなりになっているが、深層の意識は激しく反抗し、母親が作りあげようとする娘のイメージを壊そうとする。

多くは相手かまわず男性に身を任せるという行動として現われる。淫乱な性質のためではなく、自己破壊願望がそうさせるのだ。

中学時代、家庭教師に誘惑されたのをきっかけとして、奈緒子は母親の目を盗んで不特定多数の男たちとセックスを重ねてきた。もちろん関東文科大に進んでも。

「親の監視が無くなったから、私もカセが外れたのね。きみのところに行った時は、裏デリヘルをやってたのよ」

「えーッ、裏デリヘルう？」

それは悦生も何度か利用したことがある性的サービス業だ。つまり呼ばれた客のところに行き、本番を含む性行為をして報酬を貰《もら》う。もちろん違法だし摘発されれば刑事罰を受ける。

「そうか……。ホテルで働いている、というのはそういう意味だったんですね。だからあんなセクシーな下着をいっぱい持ってた」

「そういうこと。お金が目当てでなく、ただ汚れた娼婦になりたかった。そんな私だったけど、童貞の、親戚の少年に手を出すのはためらわれた。でも最後は『筆おろしをしてあげるのは彼のため』と思って誘惑してしまった。ごめんなさいね」

「いえ、あの、そんな、謝ることないです。最高の思い出でした」

「そう、それならよかった」

裏デリヘル嬢のアルバイトは卒業してＯＬになってからも続いた。そんな時に、客としてついたのが今の夫だという。悦生はさらに驚かされた。

「夫は妙な性癖があって、私のように不特定多数の男とセックスする娼婦のような女に魅力を感じるの。そして自分が好きになった女が他人とセックスすると昂奮する。貞淑な妻だったら昂奮しない。だから結婚相手に困っていたのね。そこに私が現われた。彼にとって、性依存症の私は理想の女性だった。プロポーズされて、いろいろ話しあって、結婚後も他の男性とセックスしていい、むしろ奨励するという条件で結婚したわけ。以来、私はネットで男性を探してはセックスして、その模様を撮影して彼に見せて、昂奮した彼とセックスしてきた。おかげで今も夫婦仲は円満よ」

性依存症のほうは、数年前、原因だった母親が脳梗塞《こうそく》で死んでから快方に向かった。

「だから今は、単なる淫乱な女なのよ。実は彼はね……」

無精子症で子供が出来ない体だった。娘のナオミは、彼が探してきた若い、秀才の精神科医と交わって出来た子だという。

「そ、そうなんですか……。それは……」

「引いちゃった？　こんな話聞かされて？」

椅子《いす》からスッと立ち上がった
肩紐を両方外すと、魔法のように、黒いスリップドレスがするりと床に落ちた。

「わ」

悦生の網膜に飛び込んできたのは、スリムだった十七年前の肉体ではなかった。肥満の一歩手前、たっぷりと熟れた脂肉を乗せた、豊満にして豊艶なヌードだった。

子供を生んだ体だから妊娠線が認められていいはずだが、まばゆく照明を反射する陶磁器のような白さが幸いして気付かない。

濃い秘毛の黒い逆三角形が、薄い紐ショーツの下に透けて見え、それが彼の欲望をいっそう煽りたてた。

「いえ、そんな……。かえって昂奮しました。ぼくも裏デリヘルは何度か使いましたが、でも奈緒子姉さんのような人はいなかった」

「おや、それは嬉しい……。じゃあきみも脱いで」

悦生はためらうことなく、年上の女が見ている前で真っ裸になった。奈緒子の瞳が輝く。

「昂奮してるって、嘘ではないわね。そんなに上向いて。でも先っちょは童貞時代と変わりないわ。とんがった形のピンク色。うふふ、ぶるぶる武者ぶるいしてるところも」

赤い紐ショーツ一枚の熟女は、仁王立《におうだ》ちの悦生の前に跪《ひざまず》き、神聖な祭具でも扱うように恭《うやうや》しい手つきで男の勃起器官に触れてきた。

パク。

赤い、ふっくらした唇に呑み込まれた時、悦生は快美の唸り声を発した。

「ああ、奈緒子姉さん。夢みたいだ」

「夢じゃありません。私は淫乱な娼婦。でもお金はいらない。きみが好きなことを何でもしてあげる。SMだっていいのよ。私はお尻をぶたれてアヌスを犯されるのが大好き」

「信じられない……」

ずっしりと重い、熱く湿った体をソファに押し倒して紐ショーツの結び目をほどき、脱がしてしまう。クロッチの部分はエバーミルクをこぼしたように白い液で濡れ、ヨーグルトのような酸《す》っぱい匂いがむうッと匂い立ち、悦生はその芳香にたちまち理性を奪われてしまった。

　ブス。

　腰を抱えあげ、ジャックナイフのように二つ折りにした女体の芯を貫く。

「う、きつい。締めつける……」

　驚いたことに、膣の反応は娘時代とほとんど変わらない。あれから数えきれないほどの男を受け入れ、子供まで生んだのに。

「私も不思議なの。どうやら昂奮すると充血して、内側に膨らむみたい。だからきついのよ。ああ、いい、……う、動いて」

　促されて腰を進めると、歓迎するように肉の花弁が怒張器官の根元にまつわりつく。蜜液が溢れ、ピストン運動がスムーズになる。

「ああ、いい、うう、感じる。すごい」

　よがり声をはりあげる熟女の媚肉に心まで埋没させて、悦生は何もかも忘れて獣《けだもの》になっていった。十七年前と同じ獣に——。

夫には言えない二、三の事柄

霧原一輝

著者・霧原《きりはら》一輝《かずき》

一九五三年愛知県生まれ。早稲田大学文学部卒業。関東の地方都市在住。エロスを追求しながらさまざまな文筆業を続ける。「大人の男性が元気になる官能小説」を目指し、たちまち読者の熱い共感を得る。二〇〇六年に『恋鎖』でデビュー。最新作は『小説家　若い後妻と息子の嫁』。http://www.kiriharakazuki.com/

1

康弘《やすひろ》とのままならないセックスを終えて、シャワーを浴《あ》びるためにベッドを離れようとすると、

「詠子《えいこ》、お前なんかへんだぞ。男がいるんじゃないか？」

康弘が唐突《とうとつ》に言って、私に向かって眉《まゆ》をひそめた。私も何を言っているのという怪訝《けげん》な顔を作って、康弘を見る。

「失礼ね。妻に向かって爆弾発言したんだから、証拠はあるんでしょうね」

「いや、証拠はない……ただ、詠子のセックスがへんなんだよ」

「へんって？」

「わかるんだよ。長いこと一緒にいる者の勘《かん》だよ」

「勘だなんて曖昧《あいまい》な言い方しないで、具体的に言ってほしいわ」

するると、康弘は、フェラチオの仕方が変わったとか、愛撫したときの反応が違うとか、あそこのびらびらの褶曲《しゅうきょく》が増したとか、挿入《そうにゅう》したときのまったり感がこれまでとは違うとかを挙《あ》げて、最後に、

「とにかく、詠子の身体は変わってきた。わかるんだよ、俺には」

と、結局は男の勘に頼った上での発言で締《し》めくくった。私はこれまでにも「直感」とか「勘」というのは馬鹿にはできないと感じて、大切にしてきた。現に康弘の勘も図星《ずぼし》だった。私はこの半年で三人の男に抱かれたのだから。

もちろん、康弘に知られないように細心の注意を払ってきた。セックスの際もほんとうは康弘としてもあまり感じないのだけれど、悟《さと》られないように感じるふりをした。その演技がかえって不自然に映《うつ》ったのかもしれない。

「変わったというのは、私の身体が成熟してきたってことでしょ。私にはわからないんだけど、でも、あなたがそう感じるのなら、きっとそうなのよ。だって私、まったく身に覚《おぼ》えがないもの」

康弘には一点の疑いも持たせてはいけない。私は汚《けが》れなき妻だったらどう反応するだろうかと想像して、そのとおりに演じた。するとそれが功《こう》を奏《そう》したのか、康弘の苛立《いらだ》ちは宙に浮いた。

「ほんとうに浮気してないな?」

康弘が念を押す。「浮気」などという言葉はひさしぶりに聞いた。どうせなら「不倫」という今流行《はや》りの言葉をつかってほしい。どちらにせよ当たってはいないのだけれど。

「私の愛している男はあなただけ。自信を持ってよ」

最後は私のほうから励《はげ》ますというおかしな展開になった。

「そんなことはわかってるよ……とにかく、妙なことはしないでくれよ」

「大丈夫。あなたのほうこそ浮気しないでよ……じゃあ、シャワーを浴びてくるね」

私はバスローブをはおって寝室を出て、階段を降り、一階にあるバスルームに向かった。


二十八歳のとき、同じ会社に勤めていた康弘にプロポーズされて、私は結婚を決めた。事務職として働くことに生き甲斐《いがい》を見いだせなかったし、部長との不倫の熱が冷めたところで、自分もまっとうな人生を送らなければと気を引き締めていた時期でもあった。同期入社の幸田《こうだ》康弘は融通《ゆうずう》が利かないひたすら真面目《まじめ》な男で、上司への受けも悪くなく、恋愛をするにはいささか物足りなかったけれど、結婚相手としては最適の男性だった。

結婚時にローンで購入したこの一戸建てに住むようになって五年。私も康弘も三十三歳になった。子供が欲しいのに恵まれなかった。夫婦が長く一緒に住むためには、二人の愛の結晶が必要だった。家族という単位を築かないと、男女のツガイだけではダメなのだということを、最近はつくづく感じていた。つまり、私は康弘との生活に倦《う》んでいた。

半年ほど前だった。大学時代の女友だちと会って他愛のないお喋《しゃべ》りをした後で、六本木《ろっぽんぎ》の街をひとりで歩いていると、細身のスーツを着た感じのいい男が近づいてきた。彼は六本木に事務所を持つデートクラブ「アール」のスカウトマンだった。

私は結婚しているからと断ったのだけれど、じつは今人妻はすごく人気が高いのだという。つまり、デートクラブは未婚の男女の出逢いをセッティングするという名目とは違い、実際は不倫を目当てに会員になる男性が多いらしい。

不倫をするのに、組織などに頼るなよと思ったのだけれど、女性会員は一切お金は要《い》らないし、会員の男性は会社の経営者や医師や弁護士などの裕福な層がほとんどで、食事をしたりデートの真似事《まねごと》をするだけでよく、気に入らない相手だったらそれ以降は断ればいいからと言われて、気持ちが動いた。

「鈴木京香《すずききょうか》さんの若い頃に似ていらっしゃいますよね。あなたのような美人だったら、きっと地位もお金もある男性に指名されますよ。かるい気分でデートを愉《たの》しんでもらえればいいんですから。もちろん費用はすべて男性が負担しますし、ダンナさんには絶対にばれないようにします。秘密厳守にうちは最大限の努力をしていますから」

と最後に背中を押されて、私はついつい女性会員になることを承諾《しょうだく》していた。今考えると魔が差したとしか言いようがないのだけれど、きっと私は閉ざされた状態から、ほんの半足分だけ足を踏み出したかったのだ。

一週間後にデートクラブの事務所から連絡が入り、私は午後六時までに帰宅するという条件をつけてデートを承諾した。今思うと、最初のそのデートが私の以後のセックスを決定づけたのだ。

ホテルのカフェで会ったその男は、宍戸《ししど》という六十二歳の会社経営者で、ロマンスグレーの瘦《や》せたダンディな男だった。あまりにも絵に描いたような渋《しぶ》い初老の男の出現に、思わず噴《ふ》き出しそうになった。だが、ダンディなのは外見だけで、宍戸はセックスに飢《う》えた銀狼《ぎんろう》だった。ホテルの高級レストランで昼食を摂《と》り終えると、宍戸はこう言った。

「ボクには時間がない。あなたはステキな人だが、ゆっくりとデートを愉しむだけの余裕はボクにはない。はっきり言おう。このホテルに部屋を取ってある。そこで、あなたを抱きたい。二時間で十万円出す。それでどうだろう？」

こういうのをさばけた男というのだろうか。私はその日は抱かれるつもりなどまったくなかった。だが、十万という金額を聞いたとき、心が激しく揺さぶられた。この男にとって十万などたいしたお金ではないのかもしれない。けれどOL時代の私はそれだけ稼《かせ》ぐのに半月はかかった。それを僅《わず》か数時間で手に入れることができるのだから。

あまり他言はしていないことだが、私は幼少時代に貧困にあえいでいた。父が事業に手を出しては失敗を繰り返し、私と弟と母は、ひどいときにはパンの耳をかじって飢《う》えをしのいだ。私が中学にあがった頃から父の事業が軌道に乗り、人並みの生活を送った。けれども、幼少時に刻み込まれた貧困への恐怖とお金の大切さは身に沁《し》みついていた。

そのときは意識しなかったのだけれど、部長と不倫をして短い愛人生活を送ったのも、トドのような体型のあの男が私に対しては、惜《お》しみなくお金を使ってくれたからかもしれない。

すでに抱かれる決心はついていたのだけれど、私は困ったという顔をして見せた。すると、宍戸は、「では十二万で」と金額をあげてきた。

(十二万……!　十二万で私は初めて会ったこの男に抱かれる)

そう思った瞬間、身体の芯《しん》に電流のようなものが走った。私は自分がやり手の売春婦みたいだと思われるのがいやだったこともあり、淑《しと》やかにうなずいてみせた。

三十八階にあるセミスイートの客室は角部屋でしかも二部屋あり、窓からは東京の街を一望できた。二箇所に応接セットが置いてあり、ベッドもキングサイズで、恥ずかしい話だが三十三年間生きてきて、これほど豪華な客室を訪れたのは初めてだった。

そして、宍戸が財布から十二枚の万札を取り出して、「先に払っておくよ」と手渡されたとき、私は受け取る手が震えるのを抑《おさ》えられなかった。

シャワーを浴びながら自分の身体をソープで洗うときも、自分に十二万円という価値はあるのだろうか、と考え、いやそうではなくて、十二万円の価値のあることをしなくてはいけない、代価を払わなければいけないという気持ちがプレッシャーとなってのしかかってきた。

すぐ後で、私は宍戸が高額を払う理由を思い知らされた。彼はサディストだった。女を懲《こ》らしめたり痛みを与えて悦《よろこ》ぶという質《たち》の悪いサディストではなく、女を支配して服従させ、奉仕させることで自分の価値を見いだすという極めて質のいいサディストであったことが、私をこの道にのめり込ませたのかもしれない。

まだ午後二時でカーテンも全開しているのに、私はいっさいの下着をつけることを許されなかった。バスローブを身につけた宍戸はひとり掛けのソファに腰をおろして、

「ボクが、あなたのような美人が奉仕をするに値《あたい》する男だということを感じさせてくれ」

と、遠回しだが的《まと》を射《い》たフレーズを口にした。

「はい……私のようなものでご満足していただけるかわかりませんが、精一杯ご奉仕をさせていただきます」

自分の口からするりと抜け出した言葉に、自分でも驚いた。これまでこんな大仰でかつ

素直なフレーズなど口にしたことはない。

私は駄目《だめ》オヤジを父に持ったこともあって男性をどうしても厳《きび》しく見てしまい、尊敬の念を抱いたことはほとんどなかった。最初はリスペクトできたとしても男はやがて尻尾を出して、失望するのがオチだった。だが、そのときは自分がすんなりとその気になれた。

おそらく十二万円で買われているという意識が強かったのだ。約束の二時間の間、私は宍戸の奴隷だった。そういう気持ちになることができた。

私は期待に応《こた》えようとして、宍戸の胸板にキスの雨を降らせ、焦《こ》げたような小豆《あずき》色の小さな乳首を口に含み、そして、白髪混じりの腋毛を舐《な》め、まだ子供のそれのように縮んだままの肉茎に口を寄せた。

最初、それはほんとうにかわいくて、色は違いこそすれ、昔見た揚羽蝶《あげはちょう》の幼虫のようだった。だが、宍戸は年老いた獣《けもの》だった。丹念に舐めているうちに芋虫は膨《ふく》れあがり、焦げ茶色の皮から茜《あかね》色のマッシュルームを張り出させた。

比較はしたくないのだけれど、その肉の凶器は明らかに康弘のペニスより大きかった。

男根はあまり大きすぎると受け入れるのが苦痛だ。だが、見た目としては長大でギンと力を漲《みなぎ》らせているほうがいい。女性には男根に対する憧《あこが》れのようなものがあり、たぶんそれを満たしてくれるからだ。

私は夢中になって、その畏怖《いふ》すべき対象にしゃぶりついていた。顎《あご》の付け根に疲労感を覚えたのだけれど、その苦しみをおしてけなげに奉仕しているのだという思いが込みあげてきて、私のなかで息を潜《ひそ》めていたマゾヒズムがむくむくと頭をもたげてきた。

私はただ頬張《ほおば》るだけでは満足できずに、宍戸に足をあげてもらい、皺《しわ》袋から蟻《あり》の門渡《とわた》りにまで舌を伸ばした。玉袋は羽根を毟《むし》りとられた鶏《にわとり》の皮のようで気持ち悪かったのだけれど、睾丸《こうがん》を口に含むと、宍戸が嬉《うれ》しそうなので、私はついには左右の睾丸をふたつとも口におさめて、その状態で宍戸をうっとりと見あげた。

すると、宍戸は満足そうな慈《いつく》しむような目を向けてくるのでいっそう燃えた。この人を悦ばせよう、いや、悦んでもらおうと、私は宍戸の皺くちゃで匂う肛門までも舐めた。

その頃にはもう挿《い》れてもらいたくて、あそこがぬるぬるになっていたのだけれど、宍戸はすぐには挿入してこなかった。その代わり、徹底的な奉仕を強《し》いられ、足の指までも舐めさせられた。足指など頬張ったことも舐めたこともなかった。

だが、男に屈従して奉仕をすること、身をゆだねることは圧倒的な快楽だった。私は足指を咥《くわ》えながら、「くふん、くふん」と小犬が飼い主に甘えるような鼻声を洩《も》らしていた。

そして宍戸はいったん責めに移ると、容赦がなかった。私は後ろから貫《つらぬ》かれて、絨毯《じゅうたん》の上を這《は》わされた。フィックスの窓に乳房を押しつけられ、薄いグレーを基調とした新宿の街を無理やり見させられて、バックからの立位で、内臓が喉から飛び出すのではないかと思うほどに激しく刺し貫かれた。

いったん休憩が入り、私はもよおしてトイレに立った。すると宍戸はついてきて、便座に私を座らせ放尿させながら、肉棹を咥えさせた。体内に溜まっていたものを放出しながら、口腔を凌辱《りょうじょく》されるなどもちろん初めてのことで、だが、それはエクスタシーに限りなく近い陶酔《とうすい》だった。

宍戸はなかなか射精しなかったが、始めてちょうど二時間後に、私の両足を肩にかついで前のめりになるというS的な体位で、きっちりと射精した。

放出してから、宍戸は長い間病人のように横たわっていた。彼のエネルギーを残らず消費させたのだと思うと、私は嬉しくなって宍戸に抱きついていた。

「ひさしぶりだ。こんなになったのは……死ぬかと思ったよ。実際、終えた後は心臓が異常な鼓動を刻んでいてね」

宍戸は苦笑しながら、私を腕枕した。

「十二万の価値はありましたか？」

「ああ、あった。しかし、あなたも変な人だな。普通はそんなこと聞かないぞ」

宍戸が言ったので、そんなものかと思った。

宍戸とは三カ月ほどつきあって、六回ほど身体を合わせた。無論、そのたびごとにお金を貰った。身体を売ったと表現するのはいやだった。そうでなくて、私はお金で買われたのだ。

宍戸の後につきあったのは、五十代の医師だった。私のほうもデートを悠長《ゆうちょう》に愉しむような時間は持てなかった。康弘が会社に行っている間も、主婦としてするべき家事はあったし、人妻が着飾って度々《たびたび》外出すれば近所の目にも留まる。

だから、私はお金を払って寝るというシンプルな関係を求める相手だけを選んだ。親の後を継いで院長をしているという田代《たしろ》は、太って脂ぎった、男のいやらしさを体現したもてなさそうな男だった。だが、お金だけは持っていた。私にもプライドがあるので、最低十万と決めていた。

そして、私自身にも驚きだったのは、日常では絶対に寝たくない男相手でも、お金で買われている限り、その男を主人と仰ぐことができたということだ。

あまり長時間関係を持つと、妙な男女の感情が入ってきそうで、私は意識的に交際期間を短くした。田代とも二カ月で交際を打ち切り、今は、投資業を生業《なりわい》とする四十七歳の橋本《はしもと》とつきあっている。

康弘に知られないよう、その痕跡を見せないように細心の注意を払ってきた。だが、康弘は疑惑を抱いている。

(気をつけないといけない。しばらく、橋本さんと会うのは控えよう)

私はバスルームに入り、ノズルをスライド式のフックにかけて、冷ためのシャワーで汗を洗い流す。乳房を上から見ると、大きくなって乳首の突出度も増したように感じる。一時は乾燥気味だった肌もこのところしっとりと潤《うるお》ってきた。もしかしたら、陰唇の褶曲も大きくなっているのかもしれない。

シャワーを股間に向けて放つうちに、康弘との間では満たされなかった女の部分が疼き、私はそこをひっそりと指で慰《なぐさ》めた。

2

しばらく自重した後、私はまた橋本に抱かれた。橋本は亡父が地元の名士で、父が残した豊富な遺産をこれと見込んだ企業や店に投資をすることで信じられないほどのお金を稼いでいた。セックスは前戯が異様に長いわりには早漏で、挿入してからはあっと言う間に終わり、そういう意味では物足りなさはあったけれど、私は男にお金で買われているというだけで充分昂《たかぶ》った。

私は男に買われることで、男のシモベになることができた。何と言ったらいいのか、非情に楽であったし、居心地が良かった。たぶん私はマゾなのだろう。かつての遊廓の女のように貧しさに身売りをして、という設定が一番自己憐憫《れんびん》できて、悲劇性があって最高だったのだけれど、残念ながら今の私はそれほど貧しくはない。

聞いた話では、最近は人妻がホテトルやデリヘルのような風俗に手を出すケースが増えているらしい。一般的には、この不況で経済的に苦しいからと言われている。でも、それだけではないと思う。たぶん彼女たちは満たされない性を、夫とは違う男性に身を売ることで満たしているのだ。

私は身体を売って稼いだお金を、康弘には内緒で銀行に口座を作り、貯金していた。お金が入ったからといって派手につかえば夫に怪しまれるし、人生何があるかわからない。そのための貯蓄は必要だ。康弘が求めてくるときはたとえその昼間に他の男に抱かれていても、きっちりと応じた。だから、私には自分がそれほど悪いことをしているという意識はなかった。ばれなければいいのだ。

だが、その絶対に起きてはいけないことが起きた。

その夜、康弘は帰宅したときから様子がおかしかった。夕食も要《い》らないというし、私を直視しようとしない。話があるからとリビングに呼ばれたときはいやな予感がした。その予感は不幸にも的中した。

「これを見ろよ」

と、封筒から取り出された数枚の写真を目にしたとき、心臓が凍《こお》りついた。私が橋本と肩を並べてラブホテルに入ろうとする写真だった。他にもレストランで一緒に食事を摂っている写真もある。

「お前のことがどうしても気になったから、友人のやっている興信所に調べてもらった。そうしたらこれだ。どういうことか釈明してもらおうか」

そう言う康弘の目はこれまでに見たことのないほどの呪詛《じゅそ》に満ちていた。だが、諦念《ていねん》の醒《さ》めた目ではないから何とかなると思った。私はとっさに釈明をひねりだして口にした。

「ゴメンなさい。じつは借金があって、でも返せなくて、だから……」

「ウソをつくな。調査済みなんだよ。詠子はデートクラブ『アール』の女性会員で、すでに何人かの男と寝てるじゃないか。どういうつもりだ!」

「だから、借金があるからって言ってるじゃない」

「詠子に借金なんかないよ。だいたい、お前勝手に口座作ってるだろ。悪いと思ったけど、通帳を調べさせてもらったよ。百万以上入ってるじゃないか。借金があるなんて言われてもリアリティはないだろ」

「だから、まとまったら返すつもりだった。もう少しなのよ」

「だったら、借用書を見せろよ。サラ金だって借用書みたいなものはあるだろう。見せろよ」

そう問い詰められて、私は大いに困った。

「だから、友人から借りたから、借用書なんてものはないわ」

「いい加減にしろ！『アール』じゃあ、お前は金さえ出せば寝る女だって、男性会員のなかでも噂になってるって。そう調査員から教えてもらったよ。そのときの俺の気持ちがわかるか？自分の女房をそう評価されたときの夫の気持ちが？えっ、どうなんだ！いい加減にほんとうのところを教えてくれ。お金が必要なのか？それとも……」

「それとも……？」

「いや、いい。とにかく、ウソはつかないでくれ」

「……」

「黙ってないで、釈明しろ。それができないなら、別れる。離婚する。それでいいな？」

私は康弘の瞳のなかを覗《のぞ》き込んで、本気度をチェックした。結論はフィフティフィフティ。そして、私は康弘と別れたくなかった。

「ほんとうのことを言ったら、別れないでくれますか？」

私は殊勝《しゆしよう》に言ってみせた。

「あ、ああ。それに、もうこんなことはしないと約束するならな」

この人に対する甘さが、康弘を今一つ出世から遠ざけている要因だと思った。けれど、私をまだ愛してくれているのだということは伝わってきて、私はその愛情に甘えることにした。

「こんなこと言って、信じてくれるかどうかはわからないけど……」

と、私は六本木でスカウトされてからの一部始終を包み隠さず話した。隠すことは康弘への不実だと感じた。そして、打ち明けている間に、私は自分の話に夢中になった。

普通のセックスでは感じなくて、男に金で買われるとすごく素直に身を任せることができるのだという話をしているうちに、自分が可哀相《かわいそう》になってきて、悲劇のヒロインになった気がして、涙さえ流していた。

最後にはこうも言っていた。

「ゴメンなさい。もうしません。貰《もら》ったお金は一円もつかっていないの。お金はすべて二人のためにつかいます。だから、許して……康弘さんと別れたくない」

涙ながらに言って、私は康弘の足許にすがりついた。

康弘は何も言わなかった。私は「そうか、わかった。大丈夫だ」と康弘が私を抱きしめてくれることを密かに期待していたのだけれど、康弘は拒否することも受け入れる態度も取らなかった。そして、

「わかった。少し、考えさせてくれ。それから、今夜から寝室は別にするから」

と、ひとりで二階へとつづく階段をあがっていった。懊悩《おうのう》を表すそのゆっくりとした足音が、私を絶望の淵に立たせた。

しばらくの間、私たちは家庭内別居生活を送った。私は朝食も夕食もきちんと作って、ダイニングテーブルに置いておいた。康弘は一緒に食事をしようとはしなかったけれど、後で見るときれいになくなっていたから、食べてくれてはいたのだろう。自分で言うのもへんだけれど、私は料理が上手《うま》い。私の手にかかれば、ワンパック数百円の卵が高級ホテルの朝食に出るスクランブルエッグくらいに余剰価値を増す。

そして一カ月後の日曜日の昼間、外出していた康弘からケータイに電話がかかってきた。期待半分、不安半分で赤いケータイをパチッと開けた。

『ああ、俺だ。今、ラブホにいる。今から、来い』

「ラブホ？　どういうこと？」

『いいから、来い。新宿六丁目にある『P』というホテルだ。交差点からすぐだから、わかるよ。そこの301号室にいる。ひとりでも入れるから』

「ちょっと待ってよ……」

電話が唐突に切られた。

どういうことだろう？　疑問符を頭の上に点滅させながら、私は着替えをして手早く化粧を直した。

ラブホテルなのだから、することはひとつだ。仲直りをしたいのかしら？　それとも、誰か他の女がいて、康弘がその女とセックスするところを私に見せつけて、私は自分がいかにひどいことをしたかを思い知らされるとか……。

私の淫《みだ》らな想像力は無限に羽ばたいて、タクシーに乗り込んだとき、私の下腹部はすでに濡れていた。

3

帽子を目深《まぶか》にかぶり、ラブホテルのエレベーターに乗り込んで三階にあがった。康弘とラブホテルを使ったことはなかったから、こんな状況でさえすごく新鮮に感じた。

３０１号室のドアチャイムを押すと、すぐに康弘が出てきて、招き入れられた。康弘はすでにバスローブに着替えていて、クィーンサイズのベッドばかりが目立つ機能的な部屋には、他に人影はない。

康弘はソファに私を座らせると、やにわに財布のなかから万札を取り出して、テーブルに叩きつけた。

「五万円ある」

「……どういうこと？」

「どういうことって……だから、俺も詠子を買うんだよ」

そう言う康弘の目には、すでに男の欲望が見え隠れしていた。

一瞬のうちに、私の脳裏に様々な思いが駆け巡った。だが、康弘が私を買う、ということは私が買われると燃えるという性癖を充分わかった上でのことだ。つまり、私の性癖を認めたということだ。

「……これからも、そうする」

康弘はぽつりと言って、

「早くしまえよ」

五枚の万札を、私の手に握らせた。

「ということは……別れないってことね。これからもずっと一緒に暮らしていけるのね？」

「ああ、そうだよ。いいから、さっさとシャワーを浴びてこいよ」

康弘は怒ったように言って、そっぽを向いた。

私はお金をハンドバッグに丁寧《ていねい》にしまい、無言でバスルームに向かう。余所《よそ》行きのワンピースを落とし、選んでつけてきた花柄の下着を脱ぐ間も、私はすでにかるい昂奮状態にあった。

康弘の稼いできたお金で生活しているのだから、極論をすれば結婚生活のなかで私はお金で買われているようなものだ。しかし、こうして実際に現ナマを見せつけられると、自分が康弘に五万円で買われるのだという生々しい現実がせまってきて、私はシャワーで全身を隈《くま》なく清めながら、デートクラブの女になりきり、そして昂っていた。

乳房に手が触れただけで、全身に甘い快美感が流れ、乳首が恥ずかしいほどに勃ってきた。そして、シャワーの奔流を股間にあてると、期待に満ちた疼《うず》きが身体中を満たした。

バスローブをはおって出ると、すでに康弘はベッドに入っていた。私はベッドにあがって、康弘の前で三つ指を突き、

「二時間の間、詠子を自由にしていただいてけっこうです。詠子はあなたに買われたので

すから」

額《ひたい》をシーツに擦りつけた。

「……お前，いつも客の前ではこうなのか？　俺を相手にしてるときとは随分違うじゃないか」

康弘は拗《す》ねたのか、皮肉じみた物言いをした。私がひたすら頭をさげていると、

「わかったよ。じゃあ、俺は何もしないから、感じさせてくれ」

そう言って康弘は後頭部を枕につけた。

私はバスローブを肩から落とし、康弘のバスローブをはだけて、胸板にキスをする。男と女は何度も身体を合わせると自然に愛撫の仕方がぞんざいになる。だが、買われているという気持ちのせいか、ひとつひとつの愛撫をすごく丁寧にできた。それは康弘も同じようで、乳首をかるく舐めるだけで、「うっ」と声をあげて身悶えをする。

私は腕をあげさせて腋の下にも舌を走らせた。普段は腋の下など舐めない。天然のまま生い茂る腋毛はシャリシャリと硬く、汗をかいたのか甘酸っぱい芳香を放っていた。

「いい匂いがする」

「そ、そうか……」

腋の下など舐められたことがない康弘はとまどっていたけれど、執拗に腋窩《えきか》にキスをし

たり、舐めたりするうちに、少しは感じるのか、「けっこういいよ、それ」と恥ずかしそうに言った。その証拠に、股間のものが頭をもたげていた。

私はソープ嬢かマッサージ嬢のように丹念に康弘の体にキスをし、舐め、さすった。どんどん大きくなってくる男の証に顔を寄せ、亀頭部を舐めた。尿道口を指でひろげて、そこに唾を垂らし、塗り込めるように舌をつかった。これは康弘相手にしたことはあったけれど、舐め方も自分でも驚くほどに丁寧で情熱的で、その後、皺袋をふたつとも頬張ったときは、さすがに康弘も驚いたようだった。

「詠子ってこんなこともする女だったんだな。知らなかった」

と、五年結婚生活をともにした連れ合いとは思えない言葉を吐いた。だが、その眼差《まなざ》しは柔らかく温かいもので、決して私を見くだすものではなかった。

私は康弘の膝をあげさせて、あらわになった皺袋から会陰部《えいんぶ》にかけて丹念に舐め、肛門にまで舌を届かせた。

「うっ……おい、そこまでしなくとも」

「いいのよ。詠子に身を預けて」

股の間から顔をのぞかせて言って、私はまた会陰部に舌を走らせる。

私は康弘をまだ愛している。だが、一緒に住むようになると欠点も多々見えるし、そうなると、ベッドでもこの男のために尽くそうという気持ちは薄れる。しかしこうやってお金で買われていると、この人は私のご主人様であり、悦ぶことなら何でもしてあげようという気持ちになれた。

私は顔をあげて、いきりたつ肉棹を咥えてバキュームフェラで責めたてた。康弘が上体を立ててこちらを見ているのがわかったので、わざと頬骨が浮き出るほどに吸茎し、そして、歯磨きフェラで亀頭部を頬の内側に擦りつけた。きっと康弘には、私の片頬が飴玉《あめだま》でもしゃぶっているように膨らみきっているのが見えるだろう。

咥えながら見ると、康弘は至極満足そうな顔をしていた。

私はフェラをする間も、空いている手で皺袋をあやし、もう一方の手でお尻から太腿にかけて撫でおろした。すると、康弘は心底気持ち良さそうなあえぎ声をあげた。自分の舌づかいひとつで男が身悶えをするこの瞬間が、私は好きだ。どんなに心を砕いてもご主人様が悦んでくれなければ意味がない。男も女も相手が悦んでくれるから、自分も心地よくなる。いつもより力を漲らせた康弘のイチモツを感じて、私も濡れた。あそこからじゅくじゅくといやらしい蜜があふれているのがわかる。

康弘はすぐに挿入してくるだろうと予想していたのだけれど、外れた。康弘は私の頭を押さえつけてフェラチオをやめさせると、ベッドを降りて、大人の玩具の自動販売機が置いてあるその前でしゃがみ、十個くらいに分かれているうちのひと区画のボタンを押した。

透明な窓が開いて康弘はそこからピンクの物体を取り出した。シリコン製のバイブだった。きっと、私が来る前にバイブが収納してあるのを確かめておいたのだろう。

康弘はアクリル製の縦長のボックスからバイブをつかみだして、電池をボックスに詰めてスイッチを入れた。ブーンという振動音とともにバイブの亀頭がくねり、クリトリス用のベロがすごい勢いで振動しはじめた。

「大丈夫みたいだな。これを使って、オナニーするところを見せろ」

私にバイブを手渡す康弘の目は男のぎらぎらした欲望に満ちていて、私は見たことのなかった夫のいやらしい目に燃えた。だが、恥ずかしがることが男をかきたてることも知っている。

「いや、恥ずかしいわ。できない」

「お前は俺に買われてるんだぞ。いいから、やれよ」

私は意識的におずおず感を出してベッドに上体を立てて足をひろげた。スイッチを切ってまずはバイブを頬張った。薄いピンクのスケルトンの疑似男根をセクシーに舐め、ジュボ、ジュボと唾音を立てて唇をすべらせた。見ると、康弘は血走った目で私を凝視しながら、聳《そび》え立つ分身をしごきまくっている。

ああ、昂奮しているんだと思うとますます悦ばせたくなって、スイッチを入れた。ブーンと振動するクリトリス用のベロを乳首にあてると、その強い振動が乳首を共振させ、

「あんっ……」

私は演技ではない艶《なまめ》かしい声をあげた。くねる亀頭部を乳房に押しつけ、さらに腹部へとおろしていき、自ら恥肉を指でひろげておいて、亀頭部を慎重に押し込んだ。

それが体内を割る歓喜に咽《むせ》び、片方の手で乳房を揉みしだきながら、康弘を見た。きっと私はもの欲しそうな目をしていたのだろう。

「いやらしい顔をして。そんなに気持ちいいか？　お前はバイブで気持ち良くなるんだな？」

「ええ、そうよ。詠子はおチンチンの形をしたものなら、何でもいいの」

ほんとうはそれほどいいわけではない。だがこう言えば、康弘が嫉妬をして燃えることはわかっていた。私はストリッパーよろしく膝を立てて足を開き、康弘によく見えるようにして、バイブをゆっくりと大きく抜き差しした。

淫猥《いんわい》な音が立って、恥ずかしい蜜があふれて尻に向かって滴《したた》り落ちた。康弘はそこに視線を釘付けにされて、さかんに分身をしごいている。

私が昂ったのはバイブの振動ではなく、むしろ、そうやって童貞のように硬直をしごきたてる夫の姿だった。

「いつもそうやって、他の男にも見せてやってたんだろ？　許せないよ。お前は俺だけの女だ。俺が養ってやってるだろ」

康弘は怒張を猛《たけ》りたたせて近づいてきた。襲いかかられてバイブが外れ、虚《むな》しく首を振る。次の瞬間、康弘は私の膝をすくいあげて、一気に体内に押し入ってきた。

「うぁっ……！」

硬化した肉棹に体内を割られる脳天にまで響きわたる衝撃に、私は首から上をのけぞらせた。

「クソッ、クソッ、お前なんか……お前なんか……」

泣いているように顔をくしゃくしゃにしながら、康弘はすごい勢いで腰を叩きつけてくる。持ちあげられた膝が乳房に触れそうなほど身体を屈曲されて、あらわになった恥肉に猛りたつものを杭打ち機のように叩き込まれて、私はそれだけでイキそうになった。

「ぁあぁ、いい！」

「簡単に感じやがって。そんなに身体を売るのがいいのか？　だったら、俺が詠子を永久に買いつづけてやるよ。わかったか？」

「でも、一回最低三万円よ。あなたのお給料でそれができるの？」

「できるよ。やってやるよ。その代わり、他の男には買われるな。わかったよな？」

「ええ、あなたのお金がつづくうちは」

わざと気持ちを駆り立てることを言うと、康弘は唸《うな》りながら打ち込んでくる。自分の妻とセックスをするごとに最低三万円を払うのは、夫にしてみれば不条理極まりないことだろう。そこまでして私を抱きたいという康弘に私も応えたくなった。

ズンッと子宮口を突かれて、内臓が揺れるような衝撃が喉元までせりあがる。いったんそれに身を任せると、マゾ的な崩壊感が心地《ここち》よく、私はもっと責めてほしくなる。貶《おとし》めてほしくなる。

「あうっ……あうっ……もっと、もっと落として……叩きのめして」

訴えると、康弘はいったん結合を外して、私をベッドに這わせた。

「いやらしいケツだ。男を誘うケツだ」

尻たぶを撫でさすっていた康弘が、いきなり叩いてきた。乾いた音とともに尻たぶに焼けた火箸《ひばし》を押しつけられた衝撃を感じて、私はすくみあがる。

「お前のような女はこうしてやる」

康弘は狂ったようにスパンキングを浴びせてくる。刺すようなひりつくような痛みが、スパンキングがやむと火照《ほて》りに変わって、もっと叩いてほしくなる。だが康弘は叩く代わりに、押し入ってきた。

「うあっ……！」

太くて硬いものが埋め込まれたとき、私は恥ずかしいほどに獣染みた声をあげていた。

「うおぉ……うねってるぞ。なかがうねってる……くうぅぅぅ」

康弘は動きを止めて、尻たぶを力任せに鷲《わし》づかみしてくる。康弘の分身が体内でビクン、ビクンと跳ねあがり、それを私の女の部分がきゅうきゅうと締めつけている。

康弘が動き出した。腰のバネをつかって全力で叩きつけてくる。私は大きな串にオマ×コから口までを貫かれて炎に炙《あぶ》られている小動物になった気がして、その狂おしいばかりの幻想が私をますます眩め、反対に性感は上昇する。

腕を立てていられなくなり、私は腕を前に投げ出して体重を乳房で支えた。すると、自分が男にすべてをゆだねたような降参したような気持ちになって、どうにでもしてと口走りそうになる。

「おおぅ、ダメだ。出そうだ……詠子、お前は俺の専属娼婦だ。俺が買いつづけるから」

康弘が腰を叩きつけながら言う。

「いいわよ。あなたの専属になる」

「よし、一生お前を買いつづけるから。おおぅ、ダメだ」

康弘が思い切り叩き込んでくる。体内に響きわたる男の力強さが私の体内で変換され て、切《せつ》なくて切なくてどうしようもない塊《かたまり》が膨れあがり、私は喫水線を越えた。

「イク、イッちゃう……」

前に伸ばした手で、シーツを握りしめた。

「そうら、イケ。この売女《ばいた》！」

康弘の揶揄《やゆ》が私を打ちのめし、その貶められる感覚が私を地獄の底に突き落とし、もう ひと突きされると、身体がひとりでに躍《おど》りあがった。

「うあっ……！」

獣染みた声を放って、私は地獄と天国の交錯する地点へと放り上げられ、身体の内側が めくれあがるようなエクスタシーに達した。

身体がバラバラになるような至福のなかで、康弘が唸って熱い精液を送り込んでくるの が感じられる。

康弘が離れて、隣に仰向《あおむ》けに寝た。私も身体を支えているのがつらくなって前に倒れ た。康弘とのセックスで気を遣《や》ったのはほんとうにひさしぶりだった。

身を心も蕩《とろ》けるような絶頂の余韻《よいん》にひたっていると、康弘が耳元で言った。

「二時間って約束だったな。まだ四十五分時間があるよな」

「いいわよ。あと四十五分、詠子はあなたの奴隷よ」

言いながら、私は口許がゆるむのを抑えられなかった。私は身体を起こして、康弘の下腹部にしゃがんだ。

精を放ったそれは少し小さくなっているものの、まだ硬さを保っていた。康弘も妻を買うという行為に昂っているのだと思った。

肉茎をつかんでぶんぶん振った。それが振り子のように揺れて腹部にあたり、徐々に力を張らせる。愛しくなって口に含むと、それは一気に力強さを増して、喉に突き刺さってきた。

女たらし

子母澤 類

著者・子母澤類《しもざわるい》

石川県生まれ。京都の大学を卒業後、設計事務所勤務を経て、一九九六年より作品を小説雑誌に発表。女性の色香と情熱の世界を艶やかに描いて好評を博す。ジャンルを越えて、著書は多数。『秘本　黒の章』『秘戯S』（ともに祥伝社文庫）などに作品が収録されている。

1

「あの人たち、いったい、いつまでいるつもり？」

母の声は低いわりに、よく通る。遼介《りょうすけ》は両親の寝室の前で立ち止まり、息をひそめて耳をそばだてた。

「さあ、そのうち出ていくだろう」

「甘いわね。省吾《しょうご》さん、絶対この家に居座るつもりよ」

「そうかな」

「そうに決まってる。出ていけってはっきり言ってよ、あなたが兄貴なんだから」

母はいまいましげに、父の栄太郎《えいたろう》に不満をぶちまけている。

省吾というのは父の弟で、遼介にとっては叔父にあたる。ずっと長い間音信不通だった叔父が十五年ぶりに、女連れで実家に帰ってきたのだった。

連れの女は美奈子《みなこ》といって三十過ぎらしいが、遼介が見たこともないあやうい雰囲気をまとっていて、女の匂いが全身からこぼれていた。色素が薄いのか、肌は透明なほど白い。髪も目の色も茶色っぽく、肩は頼りないほど薄かった。

そして、背の高い叔父にもたれるように、くにゃりと立っていた。まるでぬるい海の中にゆらゆらしているような、クラゲのような感じの女だ。

両親の話によると、女はどこかの奥さんらしかった。叔父は人妻と駆け落ちしたのだが、行く先に困って、久しぶりに実家を思い出し、いきなり戻ってきたというわけだ。

（美奈子は病弱なんだ。ここならゆっくり養生できると思って）

省吾の言いぐさが、母は気に入らなかった。うちは病院でも旅館でもない、と嫌味を言うと、（雅代《まさよ》さん。お願いしますよ。こいつの世話はすべて俺がするから）と、女たらしの笑顔で母の口を封じて、ぬけぬけと離れに入り込んだのだった。

日々、波立ちもなく平凡に暮らしてきた津沢《つざわ》家にとって、これは当時高校二年だった従妹《いとこ》のデキ婚以来、八年ぶりの大事件といえた。

二人が現れて一週間。十七歳の遼介は、初めて会う叔父と、白い肌をした美しい女に興味津々《しんしん》だった。

遼介はそれとなく彼らの様子をうかがい、こっそり離れをのぞきに行ったりもした。

なにしろ叔父の省吾は親戚たちの噂《うわさ》にたがわず、お堅い父とはまったく違う風采《ふうさい》をした、なかなか魅力のある男だったのだ。

これまで父はいっさい省吾の話をしなかったのだが、親戚の集まりがあれば、おしゃべりなおばさんが遼介の顔をしげしげ見て、「遼ちゃんは省吾さんに似てるねえ。今に女たらしになるんじゃないの」などとからかわれていた。

父と叔父は、同じ親の血を受け継いだとは思えないほど、顔も性格もことごとく異《こと》なっていた。

父の栄太郎は、市の水道局で課長をしている。エラの張った四角い顔は、助平《すけべ》を隠した生真面目《きまじめ》タイプという感じで、いつも長男ヅラしていばっている。面白みなど、かけらもない男だ。

省吾のことは、ほとんど知らない。定職につかずぶらぶらしている、というのは聞いていたが、実は結婚していて子供もいるらしい。

なのに全く生活臭がなかった。物腰が優美で、古びてシワの寄った背広さえ、痩《や》せていて背が高いのでカッコよく見える。笑うと頰《ほお》のくぼみに陰影が宿り、一文《いちもん》無しのくせに何だか金持ちのような風格さえあるのだ。つくづく興味深い中年男だ。

親戚の噂から察するに、どうやら省吾叔父さんはヒモとして生きてきたようだ。省吾のことを話題にする親戚連中は、「どうしようもない軟弱男で女好き」などと、さんざん悪口を言い合いながらも、その口調には夢見るような感じがあった。できるなら自分もああいう奔放な生き方をしてみたい、という羨望《せんぼう》が混じっているのだった。

実際、省吾叔父さんは常ににこにこしていて、憎めない感じだった。

女に養ってもらう人生を送ると、こういう不思議な顔つきになるのだろうか。

母だって、叔父に面と向かうと、妙にもじもじして何も言えない。それで憎しみは、クラゲ女の方に集中するのである。

「省吾は困りものだが、哀れともいえるな。青白い顔した病気の女に引っかかったんだから」

「病気ねえ……」

母の声には軽蔑《けいべつ》がこもっている。

「あたし、あの女、大嫌い。身体《からだ》が弱いなんていって、ぐにゃぐにゃして、いやらしいったらありゃしない。だいたい身体の弱い人妻が、男と駆け落ちなんかする？」

「現に、したじゃないか」

「省吾さんがどんな女と駆け落ちしようが、心中しようが、勝手にすればいいけど、でもなぜこの家なの？　二人でどこかに隠れたらいいじゃない」

「優しい男だから、女が寄ってきても断れないんだな。昔からそうやってトラブルを起こしてばかりだ。女はとっかえひっかえだったが、まさか人妻を盗んで帰ってくるとはな」

「四十を過ぎて、薄汚い感じになったわ。昔はずいぶん綺麗《きれい》な男だったけど」

母、雅代の言い方は、底意地が悪かった。だがそれは風采の上がらない父をこき下ろしている風にも聞こえた。

「しかし美奈子って女は、おまえのような主婦が嫌うタイプかもしれんが、男から見たらぞくぞくする色気がある。いい女というのは、ああいうのをいうんだろうな」

「あなたまで、なによ」

「おいおい、冗談だよ。そんな顔でムキになるなよ。まっとうな男が好む女じゃないぞ、あれは」

「離れといっても同じ屋根の下よ。ふしだらな女がいるだけで我慢できない」

「玄関も別。食事も向こうで作れるし、トイレもある。二人がこっちの生活に侵入してくるわけじゃないだろう」

「お風呂に入りに来るわ。昼間、シャワーを使いに来るの。それだけでも汚らわしい」

「シャワーぐらい使わせてやれよ」

「だって、あの女、エッチした後に来るのよ。消耗《しょうもう》しきってよろよろしながら。昼間っから省吾さんとやってるんだから」

今年は秋になっても、残暑がきびしかった。エアコンがない離れの部屋は、日中、ほとんど蒸《む》し風呂状態だった。そのため、美奈子は昼間でも、汗まみれの身体を流しに風呂場を使う。

「そりゃあ駆け落ちしてきてるんだ。エッチし盛りだろうよ」

父の声には湿り気があった。父は美奈子を女として意識しているに違いない。

美奈子は腺病質《せんびょうしつ》で身体が弱いという叔父のふれこみ通り、なよなよとして、今にも崩れ落ちそうな、はかなげな風情《ふぜい》だった。

毛細血管が透《す》けて見えるほどの薄くて白い肌が、美奈子という女をやわらかく、纖細《せんさい》に包んでいる。

全体に華奢《きやしゃ》で、乳房も小さめだが、その虚弱な肉体が甘えに満ちていて、なんとも色っぽく感じられるのだった。

遼介は美奈子がシャワーを浴びている姿を想像するだけで、股間が熱くうずいた。

「変な声出して、ひいひい言ってるのよ。家には思春期の息子がいるんだから、教育上よくないわ」

「遼介はまだガキだよ。俺が十七の頃はもっとマセてたのにな。しかしおまえ、何で知ってるんだ。のぞきに行ってるんだろ」

「庭掃除してたら、たまたま聞こえてきたのよ。のぞきなんか、するわけないわ」

「ふふふ。おまえ、興奮したんだろう。やりたくなったんだろう」

「あ、あら……ま、あなたってほんとにもう……この頃、ちっとも役に立たないくせに……」

母の雅代は四十二歳。巨乳の持ち主だが、同じく尻もでかい。その間をつなぐ腰の肉は、浮き輪のようになってだぶついている。

その脂肪たっぷりの迫力ある肉体で、母は下腹が突き出た父と、今でもセックスをしているのだろうか、とちらりと思った。そしてすぐに頭を振った。

そんなことはどうでもよかった。息子としては両親のセックスなど、ひとかけらも想像したくない。

だが、両親までが影響されたようになり、ふしぎに昂揚《こうよう》していた。これまでの健全かつ平凡な生活を狂わせていく、淫らな空気は、まちがいなくあの二人が運んできたものだった。

叔父と美奈子がこの家に来てから、津沢家は爛《ただ》れたような腐臭を放ちはじめたのだった。それはきっと、二人が持つ厭世《えんせい》的で頽廃《たいはい》的な毒がこの家にしたたり落ち、しめやかに呼吸をしながら、徐々に発酵していったせいだろう。

ともかく寝室での両親が妙な雰囲気になったので、遼介はしらけてしまい、盗み聞きをやめて風呂場へ向かった。

2

洗面所のドアを開くと、遼介は棒立ちになった。

美奈子がいたのである。シャワーを浴びたばかりらしく、バスタオルを巻いただけの姿だった。

濡れた髪をまとめて頭の上で無造作《むぞうさ》に束《たば》ねていて、それがなぞめいた女を純真そうに、また可愛らしくも見せて、新鮮だった。

「あら、誰かと思ったら、遼介くん」

「あ……」

「あたしの裸をのぞきに来たの？」

「ま、まさか」

「色気づいちゃって。ねえ、坊やは中学生だっけ？」

「高二です」

遼介は憮然《ぶぜん》と言った。坊やと言われたことが屈辱《くつじょく》だった。

「すっかり一人前じゃない。もうオナニーしてるの？」

遼介は真っ赤になり、いたずらっぽく見つめている女をにらみつけた。

「こわい顔……ふふ、マジで取らないの。ちょっとからかっただけなのに」

美奈子はくすくす笑いながら背中を向けると、バスタオルをはらりと落とした。贅肉《ぜいにく》のないしなやかな裸身があらわになり、白い尻が形いいのを、遼介はびっくりして見つめるだけだった。

美奈子はすぐにワンピースを頭からかぶった。

「じゃ、お先に」

ワンピースだけで下着はつけないらしい。美奈子は遼介に向かってうっすらと笑いかけてから、洗面所を出ていった。

残り香《が》というのだろうか。何ともいえずほわんと、いい匂いがした。

ぬめるような白い肌が、残像となって目に焼きついている。

遼介はしばらくぼんやりしていたが、美奈子の言葉を反芻《はんすう》して、ひとりで赤くなった。

まさか、オナニー場面をのぞかれた訳《わけ》じゃないだろうな、と焦《あせ》ったのだった。

確かに美奈子の裸を想像しながら、ベッドでも、風呂場でも自慰《じい》をしている。美奈子の白くてやわらかそうな肉体は、雑誌のグラビアアイドルよりもずっとなまなましく、遼介の欲情を何度もそそるのだった。

脱いだものを洗濯機へ放り入れて、遼介は風呂場へ入った。股間は硬くなったままだった。シャワーを浴びていると、さっき見た美奈子の裸の尻が浮かんでくる。

肉の柔かさを感じさせる尻だった。あの尻に、叔父は顔を埋《うず》めたりしているのだろうと思うと、ねたみさえ芽生《めば》えてくる。

シャワーを止めた。それから浴槽の縁《へり》に腰かけて足を広げ、いつものひとりエッチを始めた。

この五日間、妄想で犯すのは常に美奈子だった。どうして三十過ぎの女に、これほど強い欲望を感じるのか、自分でもわからなかった。美奈子に出会う前までは、隣のクラスの美少女、上村《かみむら》しおりのことばかり考えていたのに……。

母の言うとおり、美奈子はこれまで遼介が見たことのないタイプの女だった。

人妻といっても、母のような脂肪たっぷりの身体で、てきぱきと家事をこなす主婦というのとは全く異《こと》なっていた。

白く細い指は、水仕事よりもこめかみをおさえるのが似合っている。品良く、つつましい感じの美貌《びぼう》なのに身体つきは、とろりと崩れたようなしどけない感じがした。

だいたい美奈子という女が、まっすぐに立っているのを見たことがなかった。

骨という骨がすべて曲がっているのか、いつも左右のどちらかにぐんにゃりとくねらせたまま、大儀《たいぎ》そうに柱や壁にもたれかかっている。

声も、聞き取れないほどに弱々しい。

そんな美奈子のいかにも病弱で気《け》だるげな風情が、なぜか欲情をそそるのだった。

大きな瞳は、どこを見ているのかわからなかった。ただ、いつも濡れていた。それは愁《うれ》いが漂《ただよ》っているというわけでもなく、うつろなだけだった。

うすく開いた唇だけが、病的に赤かった。

ともかく美奈子という女の身体から、濃厚な色香が匂った。熟《じゆく》しすぎた果実のように、触れるだけで蜜《みつ》がほとばしりそうな、白くてやわらかそうな肉体のせいだ。どのパーツを切り取っても、男を誘惑できそうな肉体だった。

（女たらしが好む身体って、あるんだな……）

遼介は生意気にも、そうつぶやいた。

3

叔父たちが暮らしている離れは、庭だった場所の一部をつぶして建てたものだった。

両親の寝室を過ぎて、家の突き当たりが風呂場になっている。風呂場の入り口の横に、明るめの床材でつないだ短い廊下があり、そこを渡れば離れである。

その夜は久しぶりの雨だった。

遼介は渡り廊下からではなく、庭づたいに離れの方へと忍んでいった。足音が雨の音に消されるため、こんな夜を狙《ねら》っていたのだ。

蒸し暑い夜で、思った通り離れの窓は開いていた。

甘ったるい吐息《といき》が雨音にまぎれながら聞こえた。二人がエッチの最中だということはすぐにわかった。

しばらく遼介は、絡《から》み合う二人の息づまる気配を耳で吸い込み、生つばを呑《の》み込んで聞き入った。

（おお、やってるぞ……）

美奈子のうめき声に、頭がのぼせそうだった。

「ああ、いい……それ、すごくいい……」

生の声はひどく興奮した。こめかみに熱い血がたぎった。

「こうすると、おまえは潮《しお》を吹いて悦《よろこ》ぶからな」

「もう、どうにかなっちゃいそう」

「病弱なくせに、好きものなんだからな」

「あんたが、あたしの前にあらわれるからよ。出会わなかったら、あたし、つまらない弁護士の妻で一生、女の悦びなんて知らないままだった」

「男を覚えたからって、浮気するなよ。わかったら、ただじゃおかないからな」

「浮気なんかするわけないわ。あんたがちゃんと可愛《かわい》がってくれてるもの」

闇の中から聞こえてくる甘いあえぎや会話に、想像が膨《ふく》れ上がった。むつごとの合間に、淫《みだ》らな水音や、肉と肉がひたひたとぶつかり合っているような響きが混じった。

聞いているうちに、身体が熱くほてり、パジャマのズボンが三角に張り出した。

暗がりゆえに、想像はあくまでも妖《あや》しい。あのきれいな美奈子は、どんな風に男に抱かれるのだろうか。

耳だけでは我慢できなくなり、遼介は壁に肩先をぴたりとつけ、そっと顔を寄せて中をのぞいてみた。

最初は暗すぎて、よくわからなかった。

しだいに目が慣れてくると、美奈子の裸身がぼんやりと見えてきた。

美奈子は叔父の上に乗っていた。薄闇の中で、美奈子の身体は毒混じりの牛乳のように、異様なほど冴《さ》えた白さを放っていた。

素っ裸の肉体は、叔父の上でものうげにゆるく動いていた。夜目にも白い肌は、汗にまみれて光っていた。

のぞき見しているうち、遼介の身体が我慢できないほどに昂《たか》ぶってきた。

糜爛《びらん》した白い肉を持つ女が、自分に甘くからみついてくるのを夢想すると、頭の中までまっ白になった。

うっと思った瞬間、射精していた。

それ以来、叔父の上で動く美奈子の裸が頭に焼きついて離れなくなった。

4

朝、起きると、母はばたばたとして、いつになく忙しそうだった。

兵庫《ひょうご》にいる親戚に不幸があって、通夜と葬儀のために、両親と叔父が連れだって、出かけることになったという。

叔父は行かないと言っていたのだが、子供の頃に世話になった人らしく、父の説得でしぶしぶ同行することにしたようだ。

「ロールキャベツを作っておいたから、帰ったらチンするのよ。それから明日の朝にはトーストとインスタントのスープでいいわね。バナナもあるわ」

母は留守にする準備に追われて、飛び回るハチドリのようだった。

「遼介ったら、聞いてるの」

「ああ」

「生返事ねえ。ほんとに大丈夫かしら？」

「ガキじゃないんだから」

「そうよね。十七にもなれば、ひとりで大丈夫よね。じゃあママ、明日の夕方までには帰るから」

母はうるさくあれこれ言い置いて、あたふたと出ていった。

車のエンジン音が遠ざかっていくのを聞きながら、遼介は思いきり深呼吸した。心から解放されたと思った。

そして、母は間違っていると思った。ひとりではない。同じ屋根の下に美奈子がいる。この家に、遼介と美奈子二人だけが残されたのだ。

遼介はいつものように学校に行き、放課後はサッカーの部活で汗をかいた。帰宅したのは七時過ぎだった。

汗を流すために、帰ってすぐに風呂場へ行き、ぬるめのシャワーを浴びた。髪と身体を洗い、ついでに股間のものも、石鹸《せっけん》の泡をつけてしごいた。

あの日以来、美奈子を思いながらのオナニーは拍車がかかった。ずっと美奈子のことが頭にあるので、二度、三度と繰り返してしまうほどだ。

ともかく、すっきりさせてから風呂場を出た。

「あっ」

遼介はうろたえた。またも脱衣所に、美奈子がいたのである。

「な、何でこんなとこにいるんだよ」

今度はこっちが素っ裸だった。遼介はあわてて前を手で隠して、うろたえた。

今しがた触っていたばかりの股間は、まだそそり立っていた。美奈子の目線は、モロにそこに吸いついていている。

「洗濯してるの」

「出てけよ」

「あなた、男のくせにお風呂長いのね。いったいどこを洗ってるの？」

「な、何だよ、のぞいてたのか」

「あら、のぞきの専門は、遼介くんの方だと思うけど……」

遼介は息を呑んだ。雨の夜、離れで叔父の上に乗り、腰をゆする美奈子をのぞき見していたことが、バレているのだろうか。

「ねえ、何で遼介くんのおちんちん、勃《た》ってるの？」

「……」

「ガキっぽい顔してるくせに、なかなか立派なものを持ってるじゃない」

「とにかく、早く出ていけよ」

「そっか、恥ずかしがり屋さんなのね。でもあたしもシャワーしたいの。あんたが出てってよ」

美奈子はワンピースの裾《すそ》をつまみ、するするたくしあげると頭から脱ぎ捨てた。またもや下は何もつけていない丸裸だ。

遼介は声も出なかった。まぶしいほどに白く、妖艶《ようえん》な裸身が、いきなり姿を現したのだ。

「なあに？　お母さんの裸とあまりに違ってるから、びっくりしてるの？」

何を言われても、答える余裕などなかった。

優しそうな丸みのある乳房が、目の前で息づいていた。てっぺんの乳首がほんのり赤くなってとがっている。

叔父を籠絡《ろうらく》したのはこの肉体なのか、と遼介はどきどきしながら見惚《みと》れた。これなら、と思う。

細身の身体には媚態《びたい》が備《そな》わっていて、ヒモ体質の叔父が、女の夫から盗み出すほどの魅惑が確かにあるのだった。

「どうしたの、遼介くん。どいてよ。あたし、シャワーを浴びたいんだけど」

美奈子は悩ましいまなざしで遼介に近づいてくると、唇にちゅっとキスをした。

遼介の身体中の血が、一度に顔に上ってきて、のぼせたようになった。ふたりはどちらも裸なのだ。動悸《どうき》がこれ以上は打てないというくらい激しくなった。

遼介は美奈子の腰に抱きついて、荒々しく唇を合わせた。

キスは初めてだった。裸の女を抱きしめたのも、もちろん初めてだった。

女の肌は、想像していたよりもずっとなめらかだった。そして、冷たそうに見えた白い肌は、とても温かかった。

すばらしいのは乳房の感触だった。遼介に押しつけられている二つの丸みは、うっとりするほどの弾力があった。

そして遼介の硬くなった男根は、美奈子のなめらかな腹にくっついていた。

「キスは、噛みつくものじゃないのよ」

「…………」

「緊張してるのね。かわいいわ」

「ガキだと思って、バカにしてるんだ」

「ふふふ。ガキとキスするの、初めてよ。もう一度、してみる？　今度は感じるやつ」

優しい目をして、再び美奈子が唇を重ねてきた。ちろりと舌が入ってきた。

美奈子の舌はとても濡れていて、温かみがあった。それがぬるり、ぬるりと、遼介の舌に慕《した》わしくからみついてくる。

甘美さに夢中になった。

唇が離れても、頭の奥がじいんと痺《しび》れている。

ぼんやりしている目に、ふっくらと盛り上がった乳房が映った。

遼介はたまらず乳房に顔をうずめ、乳首に吸いついた。だがすぐに、美奈子の手が頭をつかんで、乳首から引きはがした。

「痛いわ。赤ん坊じゃないんだから、強く吸えば女が喜ぶっていうもんじゃないの」

「じゃあ、どうやればいいか、教えて」

「本当に、知りたい？」

「うん、知りたい」

美奈子は遼介の腰を抱き、しずくが垂《た》れる髪を指でかきあげるようにしてくれて、濡れた目で顔をのぞきこんだ。

「あたしでいいのかな?」

「美奈子さんが、いい……」

「あたし、病人なんだけどなあ」

「エッチ好き、という病気?」

「やだぁ、こいつめ」

そう言いながら、美奈子は笑っている。

「そうね、エッチ病かもね。立てばめまいがするし、すぐに息がはあはあする。いつも微熱があるの。それなのにあたし、エッチしたくてたまらないの。エッチすると、元気が出るの」

「こんなに身体が熱いのは、微熱のせい?」

遼介は美奈子を強く抱きしめて聞いた。

「そうよ。身体が燃えてるせい」

「僕でも、少しは役に立てると思うけど」

「生意気ね。まだ子供のくせに」

美奈子は耳に唇を寄せ、囁《ささや》いた。

「この女たらし。あたしをその気にさせるんだもの……だけど内緒よ。約束できる?」

「約束する」

遼介は必死のまなざしで、美奈子を熱く見つめた。

からかわれているとしても、今夜だけはどうやっても、憧《あこが》れ続けているこの白い身体にすがりついていたかった。

「わかったわ。甘えん坊さん。じゃ、離れに行く?」

「行く」

美奈子は遼介の手を取った。ふたりはすっ裸のまま、廊下に出て離れに向かって歩いていった。

高校生と、三十過ぎの気だるげな人妻。まるで似合わない取り合わせだと、自分でも思う。だが夢見心地《ごこち》だった。

ここは自分の家だが、ふたりで歩く十数歩の道行は、雲の上を歩くような、緊張の時間だった。胸が破裂しそうなほど、舞い上がっていた。

大人にはこんなに楽しい、魅惑的な世界があるのか……。

美奈子をひとめ見たときに、遼介はすでに魅入《みい》られていたにちがいなかった。美奈子はまさに女神として、遼介の頭上に君臨《くんりん》していたのだ。

5

離れの部屋は、独特の湿った匂いがこもっていた。それは叔父と美奈子の、濃い情事のなまめきが澱《よど》んでいるせいだろう。

その淫らな匂いに、遼介は叔父の留守を盗んでいることの罪を感じた。

「どうしたの、こわくなった？」

平気そうに見せようとしても、成り行きに自分で混乱して、度を失っていた。大人の女に対して、どうふるまえばいいのかわからず、突っ立っているだけで精一杯だった。

十畳間に敷かれた布団にゆるゆると倒されて、美奈子がぴったりと女体をかぶせてきた。きめ細やかな肌は熱くほてり、遼介の肌と絡みつくように吸いつき合った。

黙って抱き合って、しばらく女の香気に酔っていると、美奈子はそっと遼介の手を取って乳房に触れさせた。

「こんな風にそうっと、羽根で触れるように優しく触れてね。そうそう」

こんもりと盛り上がった乳房に触れ、もう片方の乳首を口に入れると、生身《なまみ》の女体から甘ったるい体臭が立ち上がってきた。

「あそこ、触っていい？」

「いいわ。優しくしてね」

美奈子の指南で、遼介の手は、女体の神秘を探《さぐ》りはじめた。

指を進めてみたが、女性器は足の間に隠れている。どうやって愛撫していいかわからない。へたにいじって痛いとか、へたくそとか言われても困ると思った。

「見てもいいかな？」

美奈子は無言で微笑《ほほえ》んだ。美奈子の目は欲情にうるみ、半開きの唇は吸いつきたくなるほどだった。

「どうしても、見たい？」

「どうしても」

むっちりと脂《あぶら》ののった両腿《もも》が開かれて、遼介はそこに身体を沈め、のぞきこんだ。

「うわ……」

「びっくりするでしょ」

蛍光灯の光を受けて、うっすらと潤《うるお》いのにじむ股間が輝き、神秘的なたたずまいを見せていた。

女陰は、淫らなものだと思っていたが、こうしてじっくりと見ていると、とてつもなく美しいものに感じられた。

細い秘毛の一本一本の生え具合から、あわく褐色《かっしょく》になった肉びらの閉じめまで、遼介はつくづくと眺《なが》めた。

「いつまで見つめているの。恥ずかしいじゃないの」

美奈子は遼介の手を取ると、何枚も畳み込まれているような花弁を開いて、小さな芽に触れさせた。

「これが女の秘密」

「ふうん……」

「これを上手に扱えるようになれば、これからの男の一生、得をするわ」

美奈子は低く笑うと、遼介の指を使って、突起をゆるくこすった。

「ああっ……」

たちまち美奈子は、切実な声を上げはじめた。

「ここを舌でうまく舐められると、女は濡れるの。あなたの叔父さんは、とっても上手よ」

美奈子の言葉に叔父の顔を思い浮かべると、気のいい叔父が憎らしくなった。生まれて初めて感じた男の嫉妬だった。

（くそ、あんな中年に負けるもんか）

闘争心を刺激されて、遼介はできる限りうまく愛撫し、甘い声を出させてやろうと思った。美奈子の股間に鼻先をうずめ、さまざまなやり方を工夫し、いちいち反応を確かめながら舌を使った。

美奈子が同時に豆をいじってくれと言うので、唇と舌と指を使って、舌がだるくなるまで頑張った。そうやって、美奈子の神秘をしゃぶり尽くそうとした。

「ああ、遼介くん、すごくいいわ」

美奈子は声にならない声を上げて、身体をぴくんとさせた。肌はピンク色に染まり、花びらはしどけなく濡れて輝いていた。

「溢れてるでしょう。淫らな舌ね、溶けちゃう」

「感じてる？」

「とても上手よ。じいんとして、身体中に広がっていくわ」

美奈子は息が乱れて、声も高くなった。

秘部のあわいは、香り高い蜜がうっすらと浮かんでいる。遼介は頭が痺れるほど興奮していた。

男であれば誰もが虜《とりこ》になる、といみじくも父が言った色気ぷんぷんの人妻に、甘い声を上げさせている。

嬉《うれ》しかった。その自覚は、男としての自信につながっていく。そして、遼介の心に、何ともいえない悦楽《えつらく》を生んだ。

「許して……もう許して。ああんお願い。二度もいっちゃった」

はあはあ息をしている美奈子を見て、遼介はようやく谷間から顔を上げた。

「遼介、あんたって素質があるわ。女たらしの素質が……」

美奈子の目は、粘りつくような強い光にらんらんと輝いていた。そしてしなやかな指が、遼介の男根に巻きついてきた。

「あとは、あたしにまかせて」

肉根は、激しく怒張している。美奈子はそこに唇をかぶせ、舌を使った。

熱くて柔らかなものにすっぽり覆われ、縦横に動く舌や唇は、初めての強烈な快感だった。

「あ、だめ、出ちゃうよ」

口の中で放つ液を、美奈子はすべて飲み込むと、そのまま続けてしゃぶった。

「そろそろ、遼介を奪っちゃおうかな。女の、第二の秘密を教えてあげる」

そこから先は、どうなったかわからない。すべて美奈子にされるがままだった。

雨の夜にのぞいた時のように、美奈子が上に乗っていた。遼介はあお向けになったまま、射精の快感に包まれたのである。

ふたりで朝まで戯《たわむ》れた。翌日は学校を休み、昼過ぎまで、布団の中で、あらゆる快楽を試して交わった。

美奈子の病弱な身体は、男に抱かれることで、光芒を放ち、性の極みの中でかすかな命をつないでいるような気がした。

快感に酔い痴《し》れ、ひとつになって、身体を弓のように反《そ》らしながら、ひくひくする。最後には、本当に骨がなくなったように、ぐにゃりとしてしまう。

日頃からクラゲのような美奈子は、快感を知りすぎたために、しゃんとした骨を溶かしてしまったのかもしれないと、遼介は本気でそう思った。

全身全霊を打ち込んで交わる美奈子の姿は、抱く方にすれば、いとおしくてならない。丸い乳房も、とろりとした蜜で濡れそぼる性器も、折れそうなほどかぼそい身体も、すべてを自分のものと思いたかった。

そのために、叔父を憎んだ。

以来、遼介は叔父と両親の目を盗んでは、離れに行った。美奈子はいつも具合が悪そうな顔で、横になっていた。

抱こうとすると、美奈子は必ず「だめよ」と言った。けれど「いやよ」と言ったことがなかった。

遼介が乳房に手を伸ばせば、「ああん、だめよ」と言いながらも、必ず与えてくれた。秘唇に指を送り込めば、「だめじゃないのぉ……」と小刻《こきざ》みにふるえながら、キスを求めてきた。

結局もつれあい、布団の中に転がりこむ。息が苦しくなるほど抱きしめ合って、互いの身体をむさぼった。

強い熱情に翻弄される日々の中、津沢家に騒動が起きた。美奈子が妊娠したのである。

6

「言え、誰の子だ」

叔父は美奈子の首をつかみ、殺すかと思うほどの力で絞め上げていた。

「あんたの子に、決まってるでしょう」

「俺の子だと？　この浮気女が……。俺は手術しているんだ。だから妊娠なんかするはずがない」

叔父は見苦しいほどの嫉妬をあらわに、美奈子を責めた。美奈子は悲鳴を上げ、母屋《おもや》へ這《は》うようにして逃げてきた。

その騒ぎで、美奈子の妊娠はたちまち両親にも伝わった。

遼介は青ざめた。恐怖に、心臓が止まるかと思うほど疼き始めた。

しかし母は、父を疑ったのである。

「あなたの子じゃないの？」

母の口調はひややかだった。

「あの女が離れに来てから、様子がおかしくなったわ。白状したら？　あなたの種《たね》なんでしょう」

まじめな父は、しどろもどろになって言い訳した。母は父の態度を見て、いっそう疑いを濃くした。

おおらかで慈愛に満ちていた母は、著《いちじる》しく変化していった。頬がこけて目がつり上がり、これまで見たことのない恐ろしい形相《ぎょうそう》になって、始終、父をなじり、下品な罵声《ばせい》を浴びせるようになった。

「最低よね。兄弟が、同じ女とヤルなんて」

ヒステリックな声とともに茶碗が叩き割られた。

父は黙って耐えていた。もしかしたら父は遼介と美奈子の関係に気づいていて、かばってくれているのかと考えたが、まさかそんな殊勝な性格であるはずがない。

父の美奈子に対する態度から、父もひそかに、美奈子と関係していたのだと気づいた。つまり自分の保身のために、汲々《きゅうきゅう》としていたのだ。

美奈子は食事するよりも、男を食って、命を長らえているような女である。洗面所で遼介を誘ったように、父を誘惑することくらい、しごく当然のことのように思えた。

母屋と離れで、毎晩のように大人たちの痴話《ちわ》げんかが繰り広げられた。

愛欲がもつれあっているだけに、事態はいっそう陰湿だった。母は泣き叫び、耳をふさぎたくなるほどの卑猥《ひわい》な言葉を、父や美奈子に投げつけた。

遼介ひとりが蚊帳《かや》の外にいるようだが、誰よりも、美奈子への思いに苦しんでいた。いっそこの家に火をつけて、すべてを燃やしてやろうとまで思いつめた。

たった半年足らずで、津沢家は崩壊した。

津沢家がぐらついている中で、美奈子ひとりが、何ごともないような顔で、あいかわらず気だるそうに過ごしていた。

叔父や母にどんな言葉を浴びせられようと、美奈子の表情は変わらなかった。瞳《ひとみ》だけが、ますますうつろになった。

だが陽炎のような所在なさと透明感はいっそう強くなり、美奈子はさらに美しくなっていくようだった。その美しさのまま、美奈子の病状が悪化して、床から起きあがれなくなった。

そして入院した。容態はあまり良くないらしい。

叔父はおろおろし、美奈子の付き添いのために、この家を出ていった。

美奈子の腹の赤ん坊は、母体が危ういということで搔爬《そうは》されたという。それをきっかけに、叔父もとうとう美奈子から離れていったようだ。

美奈子はどこかの大きな病院へ転院して、それきり所在不明になった。

遼介は心からほっとした。同じ安堵《あんど》のため息を、父もついたのだろうと思うと、やはり複雑だった。

「最低よね。兄弟が、同じ女とヤルなんて」

そう叫んだ母の言葉が、胸に突き刺さったままだ。

兄弟だけではない。兄の息子までが、あの女に溺《おぼ》れて、ひとつ屋根の下で何度も睦《むつ》みあったのだ。

父と同じ女を抱いた。その嫌悪のせいで、家族と住んでいることが、苦痛でたまらなかった。

7

叔父と美奈子がいなくなってから、津沢家は以前の平凡な日常を取り戻した。

いっときは、両親に離婚話まで出ていたのだが、それもなくなったようだ。

美奈子にかきまわされた日々が嘘《うそ》のように、毎日が静かに営まれている。

ただ両親が、寝室を離れに移したことが、唯一《ゆいいつ》の変化だった。

日曜日、昼まで寝ていた遼介が洗面所に行った時、離れからなまめかしい声が聞こえて、くわえている歯ブラシを落としそうになった。

美奈子のはずがなかった。ということは、発信源は母親ということになる。

美奈子の存在が刺激となって、波風の立った中年夫婦を、ふたたび性的に結びつけたにちがいなかった。

美奈子への思いを清算するために、離れに火をつけるよりは、この家を出ようと思った。叔父のようにろくでもない男になって、美奈子のように美しく、性に奔放な女をたらしこみ、堕《お》ちていきたい。

そう思いながら、遼介の日々は、いたって平凡に過ぎていく。

言い訳オンリー・ユー

森 奈津子

著者・森《もり》　奈津子《なつこ》

東京生まれ。立教大学卒業。〝性愛〟を核に異端を軽やかな筆致で描き、現代物からSF、ホラーと様々なジャンルを手がけ、熱狂的な支持を得る。祥伝社文庫に『かっこ悪くていいじゃない』、著書に『スーパー乙女大戦』『先輩と私』『あたしの彼女』『姫百合たちの放課後』などがある。

(今日こそ……。今日こそは、佳花《よしか》先輩に告白する！　絶対に！)

そう心に誓うのは、この春高校に入学してから、一体何度目でしょう。

その誓いを、私は勇気の欠如ゆえに何度も破ってきたのです。けれど、今日こそは、絶対に佳花先輩に告白します！

なぜなら、夏休みが始まるのは三日後——これから先輩に会えない日が四十日も続くなんて、私には耐えられないからです。恋人でもないのにしょっちゅう会う約束をとりつけようとして先輩に不審がられるというのも、回避したいところです。

「お待たせいたしました」

店員の声に続き、私の前には抹茶《まっちゃ》アイスが、佳花先輩の前にはクリームあんみつが置かれました。

今は放課後。私たちはサークル活動の後に、学校近くの甘味処《かんみどころ》に立ち寄ったのです。

「いただきます！」

先輩は元気に手を合わせて言い、スプーンをとりました。私も緊張にこわばる手で、抹茶アイスの器《うつわ》を引き寄せます。

クリームあんみつに意識を集中させている佳花先輩を、私はちらりちらりと盗み見ます。

ゆるく波打つ長い髪が、白い額《ひたい》に影を添え、それから、形のよい耳にかかり、美しい流れとなって肩に落ちています。くっきりとした二重《ふたえ》まぶたに大きな目、高い鼻は、まるで西欧の血が混じっているかのようです。

冷たい美貌《びぼう》になっていたかもしれない造作《ぞうさく》のバランスをくずし、佳花先輩に陽気な印象を添えているのは、大きな口です。が、その口は欠点となるどころか、個性的な魅力となっています。

加えて、胸は大きく、腰はくびれ、まさに完璧なプロポーション。凹凸《おうとつ》に欠ける私の体とは大違いです。

「つくづく幸せだねぇ。甘いアイスと、甘さひかえめのあんこのハーモニーが、たまらないよ」

佳花先輩は、時代劇に出てくる長屋のおかみさんのような口調で言い、一方、私は愛《いと》おしさに身をよじらせそうになるのを必死にこらえます。

（ああ、佳花先輩っ……！　この外見と中身のギャップが、たまらなく好きなんですっ……！）

実は、佳花先輩は江戸時代に大きな憧《あこが》れをいだいているのです。私も先輩も、学校では江戸文化研究会に所属しています。

しかし、私が江戸文化研究会に入会したのは、江戸時代のあれこれよりも佳花先輩に興味があったからなのです。申し訳ないのですが、どちらかと言えば、私は日本史よりも、派手なイベントに満ちた世界史に惹《ひ》かれています。

幸せそうにクリームあんみつを食べている佳花先輩。その笑顔が、私の告白によって困惑に曇る光景を想像すると、とたんに、なけなしの勇気はしぼんでゆきます。

私も先輩も、女の子です。

でも、私はレズではありません。そこのところをくれぐれも勘違いなさらないでください。

レズというのは、女の人が好きな女性のことです。たとえば、これまでつきあってきた同性の恋人と別れても、また、別の女の人を好きになるような人たちです。

でも、私は違います！

私は、佳花先輩のほかに女の子を好きになったことなんて、一度もありません。

私は女の子が好きなのではなく、佳花先輩が好きなのです！　好きになってしまった人がたまたま同性だったという、それだけのことなのです！

もし、遠い未来、私が佳花先輩への片恋をあきらめたとしても、別の女の子を好きになるなんて絶対無理です。かと言って、男の子を好きになれるかどうかと言うと、それもまた疑問です。生まれてから、私は佳花先輩にしか恋をしていないのですから……。

私が佳花先輩を好きになったのは、小学四年生のときでした。

私にとって「近所のお姉さん」だった佳花先輩は、いつも輝いていました。私が通《かよ》う小学校では、児童たちは上級生を班長とする「通学班」で登校していたのですが、五年生で班長になった佳花先輩は、陽気で優しく思いやりにあふれ、通学時間は私の一日の中で最も楽しい時となりました。

通学班では、佳花先輩はご自分を「ご老公」と呼ばせ、みんなで水戸黄門《みとこうもん》ごっこをしたものです。助《すけ》さん、格《かく》さん、弥七《やしち》は高学年の子たちが演じ、私はかげろうお銀《ぎん》を希望したものの、残念ながらその役は同級生の美少女に取られ、結局、私はうっかり八兵衛《はちべえ》にされてしまったものでしたが、それはまあ、余談であります。

近所の公立中学に進学してからは、私は佳花先輩を追ってバドミントン部に入部しました。そして、先輩のスコートから伸びる長い脚《あし》を、日々、うれしく観賞したものでした。

進学先の高校も、私はしつこく佳花先輩と同じ県立女子高校を選び、さらには先輩の勧誘を受けて、江戸文化研究会に入会しました。江戸文化にさほどの愛は感じていないのに、興味があるふりをして！

私は抹茶アイスをちびちびと口に運びつつ、告白の機会をうかがいます。が、さきほどの決意はしぼんでゆきつつありました。

私の告白が先輩を戸惑《とまど》わせることは、容易に想像できます。もしかしたら、激しく拒絶され、もう、口もきいてもらえなくなるかもしれません。

いくら私が真性レズビアンや変態性欲者ではないと言っても、先輩からすれば、同性から愛の告白をされるという緊張に満ちた経験になることは間違いないのですから！

ああ、だけど、ここで告白しないと、佳花先輩なしの夏休みが待っています。運動部とは違って、毎日練習で顔を合わせるわけではないのですから。

夏休みのなかばには、江戸文化研究会の合宿もありますが、それは「佳花先輩と二人きり」という状況とはほど遠い二泊三日です。

実は残念なことに、すでに佳花先輩と私は「ご近所」ではないのです。先輩は高校入学と同時に、それまでの家から電車で三十分ほど離れた父方の実家に転居してしまったのです。高齢の祖父母と同居するため、ご両親が二世帯住宅を建てたとのことでした。

週末、佳花先輩の顔を見られないだけでも寂しいのに、会えない日がずっと続くなんて！　時々、会う約束をとりつけることはできても、単なる先輩後輩の仲ではそうしょっちゅう会えるわけではありませんし、電話やメールでは、私は満たされません。

でも、両思いになってしまえば、毎日会っても不自然ではありません。なんてったって、恋人同士なのですから！

けど、その前に、私の告白は先輩に受け入れてもらえるのでしょうか？

もしかしたら、やっぱり、先輩は私を拒絶するのではないでしょうか？　正常な神経の持ち主だったら、絶対、そうするのでは？

（ああ、やっぱり、告白なんてできない！）

堂々巡《めぐ》りの末に、私の勇気の泉は干《ひ》上がってしまいました。

もちろん、私は決してレズなんかではありません！　けれど、それを先輩に解説してから告白するなんて、あまりにも不自然です。かえって先輩に警戒されてしまいます。

だったら、まずは最初に自分の気持ちを先輩に伝えるべきですが、それはまさに、レズ告白ではありませんか！

突然、佳花先輩は、ハァと悩ましげな吐息《といき》をつきました。

もしや、私の態度から、なにかを感じていらっしゃる？

私は身を固くし、先輩の次の言葉を待ちます。

「生まれたタイミングが悪かったんだろうねぇ。このあたしが二十一世紀の女子高生だなんてさ。毎日毎日、勉強・息抜き・勉強・息抜きの繰り返し。もう、こんな生活には飽《あ》き飽きだよ」

私は安堵《あんど》すると同時に、奇妙な憤《いきどお》りを感じました。

勉強と息抜きの繰り返しの生活――そんな平穏な先輩の毎日に波風を立てまいと、私はおのれを抑《おさ》えているというのに、なにをおっしゃるのでしょう！

「一度でいいから、江戸時代にタイムトラベルしてみたいもんだねぇ。いや、一旦《いったん》行ったら、そこに住み着いて戻ってこなくなっちまうかもね」

先輩ののんきな言葉に、私は反感を胸に反論します。

「でも、江戸時代にはクリームあんみつなんてありませんよ。それでもいいんですか？」

「そのぐらい、どうってことないさ」

「それだけじゃなくて、もしかしたら、勉強したくてもできない身分に生まれちゃうかもしれませんよ。貧《まず》しい百姓の娘に生まれて、飢饉《ききん》になって、吉原《よしわら》に売られるとか！」

「かまわないさ。吉原に売られれば、いろんな教養を身につけられるじゃないか。唄《うた》や三味線《しゃみせん》、踊り、それに読み書きに漢文まで。それで、大店《おおだな》の旦那《だんな》に身請《みう》けされれば、めっけもんってもんさ」

「なに言ってるんですか！　遊女なんて、重労働ですよ！　なんで遊女の生活が『苦界《くがい》』って呼ばれてたか、わかってます？」

「おいおい、どうしたんだい？　宇美《うみ》ちゃん」

先輩は眉をひそめます。

「ちょっとした軽口じゃないか。なんで、そう、いちいち目くじら立てなきゃならないんだい？」

「だって……だって、先輩……」

私は現代日本の女の子として、先輩を愛してるんですよ。なのに、私を含めた現実を拒否して、遠い過去の時代に行きたがるなんて。

もし、本当にタイムマシンがあったら、私を置いて、先輩は江戸時代に行ってしまうんでしょう？　ああ、なんて残酷な人だろう！

だったら、思い知らせてやる。

私の気持ちを伝えて、先輩を悩ませてやる。

のんきにタイムトラベルの夢なんて語れないようにしてやる。

あなたなんて、レズ告白を受けて悩めばいいんだ！　どうせ、先輩がいくら悩んだって、私の五年分の片恋の悩みの総量には届いたりしないんだから！

「先輩……佳花先輩……」

「なんなんだい、一体？」

私はまわりの客には聞こえないように、けれど先輩の耳には確実に入るように、声を落として告げます。

「私は先輩のことが好きなんですっ。愛してるんです！　この気持ちはそう簡単には変わりませんから、覚悟してくださいよっ」

＊

浴室で一人、私は自分の脚の間の器官へと右手を伸ばしました。

触れた部分から、じんわりとした熱い感覚が広がります。それは間違いなく快感でした。

お風呂椅子に座って、両膝をゆっくりと左右へ開いてゆくと、羞恥《しゅうち》をともなう罪悪感が生まれ、しかし、それはさらなる興奮を引き出します。

意識的に、指での刺激を強めます。快感もまた一気にふくらみ、頭がボーッとしてきます。

「は……あんっ」

思わず声をあげてしまい、私はあわてて蛇口をひねり、シャワーを出しました。もし、変な声が洩《も》れてしまっても、水音がそれを消してくれるように。こんな声、絶対、家族に聞かせられません！

柔らかな器官は、ズキンズキンと脈打っています。襞《ひだ》の奥からトロリと湧き出すものがありました。その粘液は熱いシャワーの中でも私の指にねっとりとからみつき、内部へと導《みちび》こうとします。

乳首がキュッと固くなり、胸の奥で切ないような感覚がもやもやと生まれます。欲望に抗《あらが》えず、左手で自分の胸を揉《も》みはじめます。

「あっ……んっ……」

抑えようとしても声が出てしまい、私は唇を噛《か》みました。

（ああ、佳花先輩っ！）

自分で自分を慰《なぐさ》めているというのに、なぜか私は佳花先輩を想《おも》ってしまいます。

でも、私は決して、先輩に性的欲望をいだいているわけではありません。

自慰《じい》をしているときに先輩を思い浮かべてしまうのは、ちょっとした偶然なのです。そうにちがいないのです。

終業式の二日前に、私はついに、佳花先輩に告白することができました。断られることは覚悟のうえで、なかばやけになって口にしてしまった言葉だったのですが——。

（まるで夢のよう）

自分の体を慰めつつ、私は心の中でうっとりとつぶやきました。

そうなのです。先輩は、私を受け入れてくださったのです。

「あたしもさ、宇美ちゃんのこと、憎からず思ってたよ。はっきり言って、惚《ほ》れてんだと思う。けど、あたしは同性愛者じゃないよ。たまたま好きになったおまえさんが女の子だったってだけで……」

頬《ほお》を染めておっしゃる先輩に、私も自分はレズビアンではないと、すんなり説明することができました。

夏休みに入ってからは、私たちは一日に何度もメールを交換し、時には電話で話し、そして、時間を見つけてはデートを重ねました。

たとえば、夕方、先輩の夏期講習が終わるのに合わせて予備校前で待ち合わせをして、駅近くのカフェでお喋《しゃべ》りしたり。夏期講習がない日は、日中から映画やショッピングやお食事を楽しみ、あるいは、博物館に行ったり、市立図書館で何時間も過ごしたり。

そんな、夏休みの平和な時間を、私と佳花先輩は共有しているのでした。レズビアンと呼ばれる人たちとは違い、私たちは女の子同士で清らかな愛を深めあっているのです。

それにしても、レズビアンって、具体的にはどんな感じの人たちなんでしょう。

おそらく、彼女らはしょっちゅうセックスしていて、単に女性の裸を見ただけでもムラムラしてしまい、美人と見れば押し倒す機会をうかがうような……ああ、なんておぞましい！

当然、私も佳花先輩も、そんな人たちとはまったく違います！　むしろ正反対です！

けれど……。

けれど、私はなぜか、佳花先輩とエッチなことをしているシーンを想像しては、自慰にふけってしまうのです。もちろん、自慰の最中にたまたま先輩を思い出してしまうだけなのですが、こんなに同じことが重なると、ちょっと気にかかります。

「んっ……んっ……」

熱いシャワーが肌を打つ水音は、私の淫らな声をかき消してくれます。

快感が高まり、私の体はさらなる刺激を求め、しきりに飢餓感を訴えます。

（佳花先輩……愛してます！）

今、私の脚の間の器官へと侵入し、内壁をこすりあげているのは、私ではなく佳花先輩の中指です。ふっくらと充血している襞を乱し、優しい刺激を与えているのも、佳花先輩の人さし指と薬指です。

そして、前方でツンと芽吹《めぶ》いている感じやすい器官に、佳花先輩の親指が触れ――。

「ああっ！」

あまりの快感に鋭い声をあげてしまい、ふたたびギュッと唇を噛みました。

（声を出しちゃ、だめ！　お母さんに気づかれちゃう！）

必死に声を抑えながらも、私は自分の肉体への刺激を止められないのです。

今や、坂を転がり落ちるボールのように、私の欲求は加速してふくらんでゆきます。ズキンズキンと脈打ちながら快感を生み出す器官が、私のすべてを支配します。

恥ずかしい。でも、気持ちいい。

だれに見られているわけでもないのに、恥ずかしくてたまらないのです。

さらに、羞恥はなぜか興奮をあおり、次には興奮しているおのれをまた恥じることになり――。

（おかしくなりそう！）

ツンととがった前方の器官に指が触れるたびに、鋭い快感が波紋となって全身に伝わります。時には脳までグラグラと揺るがし、気が遠くなるほどです。

胸を揉みしだく左手は、同時に指の間に乳首をはさみ、摩擦《まさつ》による快感を導き出します。それは無意識のうちの行為であり、佳花先輩の手にかわいがられているのだという錯覚がさらに強まります。

「は……あ……」

私は声を抑えて、大きくあえぎます。

腰の深部でグッと快感が高まり、気づいたら大きく身をそらしていました。

シャワーがまともに顔に当たり、反射的に目を閉じます。

「んんっ！」

一気に、腰のあたりで膨張していた快感が爆発しました。頭の中でなにかが暴れまわります。

「んんーっ！」

脚を大きく開いた恥ずかしいポーズのまま全身がこわばり、同時にビクビク震え、内で生まれた快感を体外へと絞り出そうとします。

（体がバラバラになっちゃう！）

その快感の激しさは、不安になるほどです。

やがて、絶頂で数秒を過ごしたこの肉体は、ゆっくりと降りてきました。

全身に満ちていた巨大な快感が、スーッと去ってゆきます。まるで砂浜から引いてゆく波のように。

あとには、心地《ここち》よい倦怠《けんたい》感が残りました。

以前だったら、オナニーでエクスタシーを経《へ》た後には、心身ともにリラックスしていたものです。それが、今では、罪悪感と物足りなさばかりが残ります。

罪悪感は、先輩を穢《けが》すような想像をしてしまったせいです。物足りなさは、先輩に愛されたわけではなく自分で自分を慰めただけだからなのだと、もう、私は正直に認めるべきでしょう。

ああ、佳花先輩を抱きしめられたら！　そして、その肌の熱さを知りたい！

でも、そんな行為は、真性レズビアンとなんら変わりはありません。

私は、レズビアンなどというおぞましい人間にはなりたくないのです。加えて、それ以上に、先輩をレズ行為の相手にすることは絶対に回避せねばと思うのです！

＊

「そこに座っとくれ」

うながされて、私は佳花先輩のベッドにおずおずと腰をおろしました。

昨日から、先輩のご両親と小学六年生の弟さんは旅行中だそうで、私は先輩に「うちに来ないかい？」と電話で誘われたのです。

「ちょっと待っとくれ。冷たいもの、持ってくるから」

「あ。お気になさらず……」

私は言いましたが、先輩は振り返って微笑《ほほえ》むと、部屋を出てゆきました。

少しばかり緊張を解《と》き、私は部屋を見まわしました。

木の机と本棚とベッド、小さな座卓。広さは六畳ほどでしょうか。壁には額に入った写《しゃ》楽《らく》の役者絵が飾ってあります。

それにしても、他の部屋も空《あ》いているのに、なぜ私は、ベッドがある先輩の部屋に案内されたのでしょう？　それに、どうも、先輩の水色のTシャツの下は、ノーブラのように見えたのですが……私の気のせいでしょうか？

はからずも、不安の中から期待がジワジワと湧いてきます。

ああ、いけない！　ここで淫らな想像をしては、おぞましいレズビアンと同じです！

あわてて頭をブンブンと振り、先輩の豊かな胸の残像を追い払います。

私が悶々《もんもん》としているうちに、佳花先輩はグラスに入れた麦茶を持ってきて、座卓の上に置きました。そして、床の上の座布団に腰をおろします。

先輩のTシャツからは胸の谷間がのぞいています。ベッドに座って見おろす位置にいる私は、先輩がノーブラであることを確信しました。盛りあがったTシャツの胸部分にも、乳首のシルエットが浮かびあがっています。

ふいに喉《のど》の渇《かわ》きをおぼえ、私は麦茶をグッと飲みました。口中が冷たく潤《うるお》うと、少し落ち着きます。

とりあえず、ここはなにか言って、平静を装《よそお》わなくては！

「私たち、二人きりになるのって初めてですね」

「宇美ちゃんは、あたしと二人きりになりたかったのかい？」

先輩の問いは、やけに意味深《いみしん》に聞こえました。

「は、はい。いえ、でも、べつに変な意味じゃなくって……」

まずい。私、明らかに声がうわずってる！

「そもそも、二人きりになったからって、いつもとは違うことをするわけじゃないですしね」

だめだ！　こんなわざとらしい台詞《せりふ》では、今まさに湧きあがろうとしている欲望を先輩に気づかれてしまう！

「だ、だって、わ、私たち、レズビアンじゃありませんから」

ああ、私のバカ！

言い訳めいた言葉を重ねれば重ねるほど、ひたすらボロが出てくるだけです。

けれど、佳花先輩は怪しい発言にひるむことなく、私の顔を見あげて、落ち着いた声で質問してきます。

「なんで、あたしたちがレズビアンじゃないなんて言えるんだい？」

「だ、だって、私たち、レズプレイをしたわけじゃないしっ」

「じゃあ、セックスをしたことがない異性愛者は、異性愛者とは言えないのかい？　おまえさんの理屈だと、そうなるね」

た、確かに！

でも……。

「わ、私は、単に、佳花先輩と変なことをしたいわけじゃないって、言いたいだけで」

ああ、また、不自然な弁解を！

「つ、つまり、その、先輩に警戒されちゃったりしたら、いやだなー、と思って」

そして、私は「あはは」と笑ってみせたのですが、その声はやけに虚《むな》しく響きました。

これでは、逆効果です！

しかし、先輩はまったく動揺することなく、静かな声で質問します。

「宇美ちゃん、おまえさん、性欲って、あるかい？」

「え……ええと……」

私は躊躇《ちゅうちょ》しましたが、ここで否定するのは、先輩に対して嘘をつくことになるので——。

「あ、あります。けど、だれかとどうこうしたいわけじゃなくて、単に、その、性的な部分を自分で刺激したいっていう衝動があるだけでっ……。オ、オナニーで充分解消できるだけの性欲ですっ」

こんな恥ずかしい告白をしてまで、自分はレズではないと主張するというのは、さすがに、なにかが違う気もいたします。

「そりゃ、いいねぇ」

先輩はクスッと笑いました。

その笑いは、一体なにを意味しているのでしょう？

「あたしゃ、性欲が抑えられないのさ」

では、今の笑いは、自嘲《じちょう》？

「オナニーなら、あたしだってしてるさ。けど、おまえさんとは違って――」

一度、口ごもってから、佳花先輩は先を続けます。

「話は変わるけど」

って、私は先を聞きたいんですけど！

「たとえばさ、今あたしがここで裸になったとしても、それはレズ的な行為じゃないわけだよね？　女の子同士なら、一緒に銭湯に行くこともできるわけで、おまえさんに裸を見せたところで、意識するほうがおかしいってもんで」

「そ、そうですよねっ」

私が同意すると、先輩はスッと立ちあがりました。今度は私が見おろされる位置関係です。

「じゃあ、ちょいと脱いでみようか。実験的に」

ええっ？

驚愕のあまり私がなにも言えなくなっているうちに、先輩はデニム地のスカートのホックを外し、ジッパーを下げ、床に脱ぎ捨てました。

ピンクのショーツの前に、うっすらと黒い影が透《す》けています。それを目にしただけで、私はクラクラするような興奮をおぼえました。

続けて、なんのためらいも見せず、先輩はTシャツを脱ぎました。豊かな胸がプルンと震えます。乳首はかわいいピンク色です。

そして、大きくくびれたウエスト、形のよいヒップ。

佳花先輩の体には、大人の一歩手前の色香《いろか》がありました。一年後、私が今の先輩と同じ年齢になっても、こんなふうにセクシーな体にはなれないことでしょう！

ついに、先輩は、最後の一枚も脱ぎました。

体の中心には、ハート型の茂みがこんもりと盛りあがっています。

知らず知らずのうちに見とれていたことに気づき、いたたまれない気分になりました。まるで私は、性的に飢えた状態にあり、今まさに先輩に欲望をぶつけようとしているかのようではありませんか！

ここですぐさま良識的なところを示さないと、先輩に警戒されてしまうことでしょう。私はあわてて、先輩に訊《き》きました。

「な、なんで、いきなり、脱いだんです？」

「おまえさんに、あたしのすべてを見てほしくって、たまらなくなっちまったからさ。だって、愛してるんだからさ、当然だろ？」

その言葉に、私の頭は幸福でクラクラしました。

先輩に触れたい！　でも、先輩はただ、私に裸を見せたいだけなのです。もし、ここで先輩に触れたりしたら、私はレズビアンになってしまう！

そのとき、ふと、思いました。

（なんか、裸になってるほうより、一方的に見ているほうが、ド助平っぽくない？）

ああ、いけない！　先輩にド助平の真性レズビアンだなんて思われては、引かれてしまいます！　ここは私も裸になって、ド助平ではないと示すべきでしょう。

「あ、あのっ。わ、私も脱ぎますね。平等にっ」

私は急いで、自分のTシャツと膝丈《ひざたけ》のジーンズを脱ぎ、それから、ブラジャーもショーツも体から取り払いました。

ああ、私を見て、先輩！

裸を見せあうだけなら、まだ、レズビアンだとは言えないはず！

先輩は優しく微笑み、言います。

「なんてきれいな体をしてるんだい」

「先輩こそ」

「細っこくて、はかなげで……」

全身を見つめられ、優しく評され、一気に頬が熱くなります。

けれど、次に先輩が発したひとことには、その恥じらいも凍りつくような衝撃がありました。

「これから、おまえさんをネタに、オナニーするとしようかねぇ」

それは冗談でもなんでもなく、先輩はベッドに移り、シーツの上で脚を広げると、性の源《みなもと》へと右手を滑らせ、左手では豊かな胸を揉みはじめたのです。

「あ……はぁ……」

先輩の唇から、悩ましい吐息が洩れます。快感のせいか、目はトロンと潤《うる》んできます。私の奥深くからも、蜜《みつ》がジュンと湧いてきました。すでに性の器官はズキズキと脈打っています。

もう、耐えることなんてできない！

「佳花先輩……私も……！」

そして、私もまた、ベッドの上で自分の体を刺激しはじめたのです。指先には、たちまち蜜がからみつきました。勢いあまって、指は熱い洞窟へとスルリと入り込み、切ない感覚を呼び寄せます。

私はオナニーする先輩の姿にあおられてオナニーし、さらには先輩もまた、自慰に及ぶ私の姿に興奮し、自らを慰めていらっしゃるのです。

「あ……ああ……。先輩っ……気持ちいい……！」

「もっと、脚を広げて見せとくれ。……ほら、早くっ」

「は、はいっ」

私が応じると、先輩の大きな目はさらなる欲望で輝きます。

「ああ、もう、おまえさんの手が邪魔で、肝腎《かんじん》なところがよく見えなくて、焦《じ》れったいよ」

そして私も情熱に駆《か》られて、先輩にリクエストするのです。

「佳花先輩っ、もっと、おっぱいを激しく揉んでみてください。ああ、そうです……先輩の指先がおっぱいに食い込んで、すごくエッチで素敵ですっ」

けれど、ふいに不安になり、私は笑顔でごまかしつつも気弱なつぶやきを口にしてしまいます。

「でも……いいのかな……？」

「なにがだい？」

「私たち、こんなことになって……」

「大丈夫さ。お互い、相手に触れちゃいないんだ。自慰行為なんて、だれでもやることだろ？」

「そ、そうですよね。たまたま二人そろってオナニーしたくなって、親しい間柄だから、気を遣《つか》わずに、同時にオナニーしちゃってるっていうだけですよね」

「そうさ」

短く肯定すると、先輩は熱い息をつきつつ、私に告げます。

「あたしのあそこ、ドロドロだよ。もう、なにがなんだか……」

「私もです。実は、最初から指を入れちゃってました」

「何本入れてるんだい？」

「一本です。人さし指です」

「じゃあ、もう一本、入れてごらんよ。今度は中指を」

「はい」

佳花先輩のご命令なら、どんなことだって聞きましょうとも！

中指は柔らかな洞窟の内側を押し広げながら侵入してきます。

「あ……んっ……」

ちょっと痛い。でも、それがまた、たまりません！

痛みをともなう快感にあおられて洞窟は収縮し、二本の指を強く咥《くわ》え込みます。

「ちょいと目ぇつぶってくれないかい？」

「は、はい」

私はすぐさま、ギュッと目を閉じました。

もしかしたら、先輩は私の欲望にギラつく視線を不快に感じられたのでしょうか？

その可能性に思い至ったとたんに、血の気がサーッと引いてゆきます。

それでも、私の両手は自分を刺激しつづけています。もう、止められなくなっているのです。

先輩はベッドを離れ、また、戻ってきたようです。

両手首をつかまれ、ハッと身を固くしている間に、両手とも背中にまわされました。手首になにかが巻きつきます。帯状のものに、ひとまとめにされてしまったのです。

欲望の蜜をしたたらせる部分は放置され、切ない焦れったさを訴えています。

私は不安のあまり、目を開きました。

佳花先輩の手にはガムテープがありました。

なぜ、こんなことを？　もしや、私の欲望の強さに気づいた先輩は、私が先輩を押し倒したりしないよう、自由を奪うという手に出たのでしょうか？

次に先輩は、私の右脚をグッと曲げました。腿《もも》の裏とふくらはぎがピッタリつくように押さえられ、その形を保つよう、ガムテープでグルグルと巻かれてしまいます。

左脚も同じ形で固定され、私は歩けなくなってしまいました。

やはりこれは、私が先輩に襲いかからないようにするためでしょう。先輩は、私の欲望を見抜いていらしたのです！

そう考えたとたん、羞恥で頰が熱くなりました。

そういえば、私はまだ、先輩に目を開けてもいいと言われてはいませんでした。私はあわてて目を閉じます。

ビッと、ガムテープを裂く音。今度は、口をふさがれました。

佳花先輩は、私が淫らな言葉を吐くのを恐れていらっしゃるのでしょう。先輩は、私の心を読み取っていらしたのです！

「宇美ちゃん、目を開けていいよ」

私が目を開くのとほぼ同時に、先輩の指が下半身の茂みに触れました。指はあっという間に、濡れた襞まで到達してしまいます。

まさか、これからレズビアンセックスを？　いいえ、先輩にかぎって、そんなことは……！

きっと、これはオナニーの指導でしょう。私の手つきがあまりにも稚拙《ちせつ》だったので、見るに見かねた先輩は、効率的な刺激法を教えようとしてくださっているのです。

だったら、感じているということを素直に表現しても許されるでしょう。

「う……うう……」

私はガムテープにふさがれた口でうめきました。

実際、私の濡れた襞は先輩の指先に触れられるたび、じんわりとした快感を生み出し、この体を乱してゆくのです。

先輩は私の上体を片手で抱くように支えつつ、ベッドに横たえました。

そして、欲望に潤んだきれいな目で私を見おろし、告げます。

「許しておくれ、宇美ちゃん。あたしと愛の行為をしては、おまえさんはレズビアンになっちまう。けど、あたしは欲望を抑えられなかった。おまえさんの体を愛したかった。だから、こんな卑怯《ひきょう》な手に出たのさ」

では、この行為は、先輩によるオナニー指導ではないのですか？　だったら、なんと解釈すればよいのですか？

私の左胸は、先輩の手に包まれます。続けて、ねっとりと揉みしだかれました。切ない快感が胸から体の奥にキューッと伝わり、襞はますます熱く敏感になり、蜜を湧かせて先輩の指を奥へ奥へといざなおうとします。

「ううっ……。むぅっ……」

ギュッと目を閉じると、目尻に涙がにじむのがわかりました。

「ひどいことをしてるとは思うよ」

先輩は興奮にうわずった声で、言葉を重ねます。

「けど、これであたしは、おまえさんをレズビアンにせずに済んだんだ。だってこれは、レズプレイなんかじゃない。単なるレイプさ。つまり、あたしは加害者で、おまえさんは被害者なのさ」

おお！　なんということでしょう！

私を守るために、先輩は私の自由を奪ったうえで、このような行為に及んでいらっしゃるというのですね。

私は乱れながらも、感動で胸を熱くします。

「こんなことをしてるあたしは、もう、他人様《ひと》から『おまえはレズビアンだ』って言われたって、否定なんてできないさ。だけど、おまえさんは違う。清らかなままなんだよ」

いいえ、私もレズビアンです、先輩！

私はやっと、認めることができました。

だって私は、女の子である佳花先輩をこんなに好きになってしまったのだから。そして、先輩とのエッチな行為を、こんなに楽しんでいるのだから！

そう。今や私は、正真正銘《しょうしんしょうめい》のレズビアンなのです。

だから、もっとください。

私の体に、たくさんたくさん、いけないことをしてください。私はそれをすべて受け入れ、乱れた姿をあなたにお見せしましょう。

だから、もっと……！

流れるような動作で、先輩は頭を下げました。先輩の目の前には、私の羞恥の源があります。

興奮に充血し、蜜をあふれさせている貪欲《どんよく》な部分を、今、私は愛しい人に確認されようとしているのです。

唐突に、激しい羞恥が突きあげてきて、私は身を震わせました。

（だめ！　見ないで！）

性の部分をじっくりと観察される恥ずかしさ。そして、私がどんなに飢えているのか、それを愛する先輩に知られてしまう恐怖。

「うーっ！」

小さなパニックを起こしかけ、私は思わずうめきました。

けれど、佳花先輩は私の動揺など意に介することなく、両方の太股の内側をグッと押し、外へと開かせ、性の器官を完全に露出させてしまいます。

もう、逃げられません。

先輩の視線が濡れた襞をとらえ、それから、指がそっと左右に開きます。

（もう、これ以上は、だめです！）

私は必死にうめき、腰を振り、先輩の視線から逃れようとしましたが、身じろぎぐらいにしかなりません。

「かわいいお人だ。エッチな部分も、愛らしいピンク色だよ」

その言葉は、私の頭をボーッとさせてしまいます。羞恥と喜びがないまぜになり、なにがなんだかわからなくなります。こんな気持ち、初めてです。

陶然《とうぜん》としていると、私のその部分は佳花先輩に口づけされてしまいました。

（だめ！　そんなところ……！）

柔らかな唇の感触はあまりにも衝撃的で、腰砕けになってしまいます。まだ、私たちは、キスすらしてないのです。

「うっ！　うーっ！」

私は必死で首を横に振り、拒絶しようとします。もう、これ以上、私の獣《けだもの》的な部分を知られたくない！

続けて先輩の舌は私の襞の内側をスッと撫《な》でます。

「くーっ！」

下半身の粘膜に舌を這《は》わせられる生々しい感覚が、私の羞恥を喚起《かんき》します。

私はただひたすら、身をそらしてイヤイヤをするだけです。

先輩は、猫のようにピチャピチャと音をさせて蜜を舐めとります。

すでに私は、体液の味まで先輩に知られてしまったのです。もう、隠すべき部分なんてありません。

ただひとつ、佳花先輩がまだ知らないこと。それは、私がレズビアンとしての自覚を持ってしまったことなのでした。

虫刺され

八神 淳一

著者・八神淳一《やがみじゅんいち》

一九六二年生まれ。大学卒業後上京し、雑誌編集などに携わった後、作家デビュー。祥伝社文庫に『艶同心』があり、官能アンソロジー『秘本Z』『秘戯E』『秘戯X』に作品が収録される。著者は『なまめき女上司』のほか、時代官能小説『艶剣客』シリーズが大好評を博している。

1

ドアの前に立っている楢崎啓輔《ならさきけいすけ》は、ぼんやりと車窓を眺《なが》めていた。とはいっても、午後八時をまわった車窓には、四十間近の疲れた男の顔が映っているだけだ。

まわりに目を向けると、吊革に摑《つか》まっていても、携帯の画面を見つめている乗客が多い。まあ、自分の顔を眺めるより、ずっとましなような気もした。

電車が減速していった。駅と駅との中間地点あたりだ。

止まった。が、誰もなんの反応も見せなかった。変わりなく、携帯の画面を見つめている。

『N駅で事故のため、しばらく停車いたします。お急ぎのところ、お客様にはご迷惑をおかけいたします』

とアナウンスが流れた。五、六分ほど停車するようだ。

自分の顔ばかり眺めていても仕方がないので、啓輔は窓の向こうに目を凝《こ》らした。自分の顔が迫ってくるが、その向こうの景色も見えた。

高架から見下ろす町並みは、どこもたいして変わらない。

おや、と啓輔は窓にさらに顔を寄せた。

このあたりには、まだまだ古いアパートが残っているようだった。そのうちの一つのアパートの二階の窓が開けられ、女性が上半身を乗り出しているのが見えた。

女性はブラウスを着ていたが、すでに前がはだけていた。背後から伸びてきた手がブラを掴み、毟《むし》り取ると同時に、たわわに熟《う》れた乳房があらわれた。

その眩《まぶ》しいばかりの白さに、啓輔は目を見張った。

女性は部屋の中に戻るような動きを見せたが、背後から伸びた手の持ち主が、それをゆるさないようだった。

たっぷりと実った乳房を、背後から伸ばされた手が揉《も》みしだきはじめる。

すると、女性の上体がぐぐっと反《そ》った。

啓輔はごくりと生唾《なまつば》を飲んだ。女性の顔が見たかったが、乱れ髪が顔を覆《おお》っていた。

が、その髪を背後から伸びた手が摑んだ。

手綱《たづな》を引くように引っ張った。

すると、女性の顔があらわとなった。

啓輔のペニスがトランクスの中で、ぴくっと動いた。

立ったままバックで繋《つな》がっているのだと思った。女性はよがり泣いていた。もちろん声は聞こえなかったが、ひいひいよがっているように見えた。

電車が動きだした。

「まだ駄目だっ」

と啓輔は思わず、つぶやいていた。隣の男性が、不審そうに啓輔を見た。

女性のよがり顔や白い乳房が遠ざかり、再び、啓輔自身の顔だけが車窓に映った。

あの女性の顔に見覚えがあるような気がした。遠くから、よがり顔を見ただけなのに、なにか引っかかるものを感じていた。

それから四駅先で、啓輔は電車を降りた。その時、まだ勃起させたままなのに気が付いた。

白い乳房を目にした時、勃起したのはわかったが、まだ勃《た》ったままだったとは我ながら驚いた。

駅から徒歩で十分のところに、啓輔が住むマンションがある。十階建ての十階に住んでいた。

ドアのノブを摑むが、鍵がかかっていた。九時近くになっていたが、今夜も啓輔の方がはやい帰宅のようだった。

啓輔には二つ年下の妻がいた。名を真奈美《まなみ》という。共働きで子供はいない。

結婚してもうすぐ七年になる。啓輔の誕生日に籍を入れていた。結婚記念日を忘れないように、ということだった。

七年前は、そんなことしなくても忘れるわけがないじゃないか、と思ったが、真奈美の配慮は正しかった。

この年になると、自分の誕生日でさえどうでもよくなっている。誕生日と同じ日でなければ、結婚記念日など忘れていただろう。

誕生日兼結婚記念日には、いつも都心で贅沢《ぜいたく》なディナーを食べていたが、今年はどうなるだろうか。

真奈美は百貨店に勤めているが、一年ほど前からセレクトショップのフロアを任《まか》されることになって、帰宅がかなり遅くなっていた。

啓輔の方は、代わり映《ば》えがしない毎日であったが、もちろん不満はなかった。今時、変わらないだけましなのだ。

変わる場合、いい方に変わるより、悪い方に変わる可能性の方がずっと高い。

自分で沸《わ》かした風呂から出て、ビールを飲んでいると真奈美が帰ってきた。

ただいま、とリビングに顔を見せると、すぐに風呂に入った。そして二十分後、ざっくりとしたTシャツ一枚で風呂から出てきた。

今夜は夜が更《ふ》けても、じわっとした暑さが残っていたが、クーラーをつけることはなかった。啓輔も真奈美もクーラーは苦手であった。

缶ビールを手にリビングに入ってくると、啓輔の向かいのソファーに座った。

Tシャツの裾《すそ》がたくしあがり、白い太腿《ふともも》があらわとなる。いつも見慣れている妻の太腿だ。今更《いまさら》、どきりとすることもない。

真奈美がビールを飲みながら、なに気なく太腿を掻《か》いている。よく見ると、虫刺されの赤い痕《あと》があった。

「それ、どこで刺されたんだい」

「えっ……」

啓輔に言われ、真奈美は虫刺されの痕を無意識に掻いていることに気づいたようだった。

「ここには蚊《か》なんていないだろう」

「そうねえ。どこかしら……」

十階の部屋には蚊はいない。そして、家を出る時、真奈美は常にパンストを穿《は》いている。

太腿の内側にも、虫刺されの痕を見つけた。

「そこにもあるぞ」

「あら、いつの間に……」

真奈美が立ち上がった。気のせいか、あわてているように見えた。

痛っ、と真奈美が顔を歪《ゆが》めた。ソファーとソファーの間にある、低めのテーブルの脚《あし》に爪先《つまさき》をぶつけたようだった。

痛がる妻の顔を見た瞬間、啓輔はハッとなった。

啓輔の脳裏《のうり》に、車窓から見た女性のよがり顔が浮かび上がり、それが妻の痛がる表情と重なったのだ。

よがり顔と痛がる顔はよく似ている。苦痛と快楽は紙一重《ひとえ》ということか。

あの女性は妻なのではないか……。同じよがり顔……虫刺されの痕……。

この部屋には蚊はいないが、あの古いアパートには間違いなく蚊がいるだろう。

立ちバックで突かれながら、太腿の内側の血を蚊に吸わせている妻の姿を想像すると、痛いくらい勃起させていた。

2

啓輔はぼんやりとパソコンのディスプレイを眺めていた。

昨夜、久しぶりに真奈美を抱いた。どれくらいぶりだろうか。よく覚えていない。数年前くらいから勃ちが悪くなってきて、妻自身も仕事が忙しくなってきていたこともあり、なんとなく、あまりしなくなっていた。

しなくはなってはいたが、それ以外は、うまくやっている方だと思っている。なんといっても真奈美とは気が合った。

結婚するくらいだから、気が合うのは当たり前かもしれない。七年近くいっしょにいても退屈することはなかった。

が、それとあれとは別である。妻相手にびんびんということはなくなっていたが、昨晩は、鋼《はがね》のままだった。

不思議なものだ。妻の肌に見知らぬ男が触れているかもしれない、と思うと、途端に妻の身体が輝いて見えた。

いきなり目の前に、白い二の腕が伸びてきた。

虫刺されの痕を見つけ、啓輔は反射的にそれをなぞっていた。

すると、あんっ、と甘い声がした。

「すまない」

啓輔はあわてた。部下の二の腕を撫《な》でてしまったのだ。しかも、職場で。

「掻くと広がるから、ずっと掻くのを我慢していたんです。ああ、また痒《かゆ》みが戻ってきました」

なじるように啓輔を見つめ、仲村里奈《なかむらりな》がデスクに書類を置いた。

「蚊に刺されたのか」

そう聞くと、なぜか仲村里奈は途端に頰《ほお》を赤らめて、くなくなと身をよじらせた。

「仲村くんが蚊に刺されるなんて、珍しいな」

「そうですか……」

恥ずかしそうにしている仲村里奈を見ていると、啓輔の脳裏に、エッチをしている彼女の裸体がとてもリアルに浮かんできた。

場所は古いアパートの四畳半。汗まみれの彼女の肌に、蚊が寄ってくる。

仲村里奈は四つん這《ば》いの裸体をうねらせながら、蚊に生き血を吸われる。

「今日の課長、なんか変です。朝からずっとぼんやりしているし」

「そうか」

啓輔の目は、部下の二の腕に残る虫刺されの痕から離れない。

「仲村くん、今夜、暇《ひま》か」

啓輔は結婚してはじめて、女性の部下を飲みに誘っていた。


午後八時。待ち合わせの場所にあらわれた里奈は、会社にいる時と服装が違っていた。

いや、白のブラウスは同じだった。スカートの丈《たけ》が短くなり、生足になっていた。

会社では落ち着いて見えたが、やはり、若いなあ、という印象が強くなり、こんな子をアラフォーのおやじが誘ってよかったのか、と今頃になってあせった。

「アフターファイブは生足《なまあし》なのか」

「いつもじゃないです」

はにかむような笑顔を見せて、里奈がそう言った。二十五才の美人ＯＬの生足は、すらりと伸びてとても眩しかった。

目当ての居酒屋は混んでいて、カウンターしか空《あ》いていなかった。

里奈と並んで座ると、ミニの裾《すそ》がたくしあがり、白い太腿が付け根近くまで目に飛び込んできた。

と同時に、付け根近くのきわどい部分に、虫刺されの痕を見つけていた。

それを目にした瞬間、啓輔は勃起させていた。

「仲村くんは、確か、八階建てのワンルームマンションの八階に住んでいたよね」

「はい。網戸にしても虫が来ない高いところにしたんです」

「会社の行き帰りはパンストを穿《は》いているんだよね」

「はい」

「それなのに、こんなところに虫刺されの痕がある」

そう言って、啓輔は大胆にも、部下の太腿の内側をすうっとなぞっていた。

すると、里奈は、あんっ、と甘い声を洩《も》らし、腰をぶるっと震わせた。

「たぶんコンビニに行った時、刺されたんです。お家では、ショーパンだから」

なじるような目がじわっと潤《うる》んできていた。

「そうかな」

「そうです……」

里奈がおなかを掻いた。無意識の行動のようだった。

「どうやら、身体のあちこちを刺されているようだね。裸でコンビニに行ったのかい」

「あんっ、課長のいじわる……」

つまり、部屋で誰かと、しかるべき時間、裸でいたということだ。

「仲村くんにエッチするような彼氏がいたとは、知らなかったな」

「私ばっかり……刺されるんです……彼のアパート、かなり古くて……」

「蚊もおいしい血を出しそうな肌を狙《ねら》うからな。そう言えば、うちのおふくろ、ガーデニングが趣味なんだが、年取ったら、まったく蚊に刺されなくなったと嘆《なげ》いていたな。若い頃は蚊に刺されまくりだったのに、蚊さえ寄ってこなくなったと寂しそうにしていたよ」

「蚊って、血を吸うのはメスなんですよ」

それは知っていた。が、啓輔の頭の中では、オスの蚊だった。オスの蚊が、妻のやわらかな肌や里奈の弾《はじ》けるような肌に、とがった口を刺して、甘い血を吸うのだ。

喉《のど》の渇《かわ》きを癒《いや》すように、啓輔はごくごくと生ビールを飲んだ。やはり、若い子と飲む生ビールはうまい。

「実は、うちのかみさんも、この辺《あた》りに蚊に刺された痕があってね」

そう言って、また、太腿の付け根のきわどい部分を指先でなぞった。

あんっ、と里奈が下半身をよじらせる。

そのたびに、トランクスの下でペニスがひくついた。

「課長のお宅も、確か、高いところにあるんですよね」

「そうなんだ」

ふうん、と里奈がうなずいた。

啓輔は里奈の太腿の付け根に手を置いたまま、指先で虫刺されの痕をなぞり続けた。

「だめです、課長……」

と里奈が啓輔の手のひらに、手を重ねた。

「痒いの我慢していたところを男の人に掻かれると、なんか、変な気分になっちゃいますね」

里奈の瞳が、さらに潤みはじめていた。

「自分で掻くよりいいだろう」

「は、はい……」

里奈も生ビールをごくごくと飲む。白い喉が艶《なま》めかしく上下に動いた。

結婚してから、部下を女として見ることはほとんどなかったが、こんなに近くに、魅力的な女性がいたんだな、と気が付かされた。

ビールの酔いがまわってきたのか、里奈の優美な頰や首筋がほんのりと赤く染まってきた。

手のひらで、ブラウスの胸元を扇《あお》ぐような仕草をする。

「ああ、暑くなってきたら、もっと痒くなってきちゃいました」

「もっと別のところも掻いてやろうか」

「おねがいできますか、課長」

部下の唇がすぐそばにあった。この場で奪っても、応《こた》えてくれそうな雰囲気があった。

3

居酒屋を出るとタクシーを飛ばし、都内の小高《こだか》い丘の上にある某シティホテルに入った。奮発《ふんぱつ》して庭付きの部屋をとった。

「都内にもこんなところがあるんですね」

目の前に、和風の庭があった。都心にいるのを忘れるような静かな空間であった。クーラーの風などいらない。樹《き》の薫りが心地《ここち》よかった。

「さすが課長ですね」

里奈が感心したように目を輝かせている。とりあえず、奮発した甲斐《かい》はあったようだ。古いアパートに住む、里奈と同年代らしき彼氏とは違うところを見せておかないと、次はない、と思ったのだ。

そしてもう一つ。庭付きにした理由があった。

あっ、と言って、里奈がミニから剝《む》き出しの白い太腿を平手で張った。

パシッと小気味《こきみ》のいい音がする。やはり若い肌だと音が違う。

「いきなり刺されちゃいました」

見ると、膝小僧《ひざ》と太腿の付け根の中間あたりに、新しい虫刺されの痕があった。

啓輔はその場にしゃがむと、いきなり、部下の太腿にしゃぶりついていった。

「あっ、課長……」

蚊に血を吸われたばかりの肌を、ちゅうっと吸い上げる。

ちろちろと舐《な》めると、里奈が下半身をくなくなよじらせた。ミニスカートの奥から、里奈の匂いを濃くしたような薫りが漂《ただよ》いはじめる。

啓輔は虫刺されの痕を舐めつつ、左右の手のひらを太腿の内側に押しつける。

しっとりと汗ばんだ肌が、手のひらに吸い付いてくる。啓輔はそのまま、太腿の付け根に向けて、触手を上げていく。

すると、ぷーん、と蚊が飛ぶ音が聞こえてきた。

啓輔には見向きもせずに、一直線においしそうな太腿を狙ってくる。

そして、啓輔の目の前で、白い太腿の内側の付け根に近い、なんともきわどい部分に止まった。

とがった口をやわらかな肌に突き立てる。

本当にメスしか血を吸わないのだろうか。こいつは、どう見ても、オスだろう。

「あっ、蚊ですよね」

「じっとしているんだ」

「そんな……」

たっぷり吸わせると、啓輔は叩きにいった。が、すんでで逃げられ、パンッという平手の音だけが、やけに大きく響いた。

「あんっ……」

里奈が甘い喘《あえ》ぎにも似た声をあげ、すらりと伸びた足をくねらせた。

また、啓輔の耳元で、ぷーんという羽音がした。やはり、啓輔には見向きもしない。

同じようなところに蚊が止まった。また、たっぷりと吸わせてやる。

「また、蚊が……」

「動くな、里奈」

無意識に呼び捨てにしていた。

啓輔の目の前で、蚊がうまそうに血を吸っている。

そこまでだ、と素早く里奈の太腿の内側を張っていった。

パシッ、という小気味のいい音がして、里奈が、あんっ、と甘い声をあげた。

手のひらを引くと、白い太腿の内側に、たった今吸われたばかりの二十五才美人ＯＬの血がついていた。

啓輔は立ち上がった。

「わざと蚊に吸わせるなんて、課長って、いじわるなんですね」

となじるように啓輔を見つめてくる瞳が、しっとりと潤んでいた。

啓輔は部下のあごを摘《つま》むと、唇を奪った。

一瞬、里奈の身体に緊張が走ったが、舌を滑《すべ》り込ませると、応えてきた。

二十五才の美人ＯＬの舌は甘かった。

じゃれあうように舌と舌をからめるだけで、びんびんに勃起した。

濃厚なキスを交わしつつ、啓輔はブラウスのボタンを外していった。胸元の肌があらわれると、甘い薫りが立ちのぼってきた。

ブラウスの前をはだけさせた。里奈は細身だったが、胸元は高く張っていた。ブラカップがパンパンに張りつめている。

「ああ、おっぱいが……きついです」

火の息を吐くように、里奈がそう言う。

啓輔は里奈の背中に手をまわすと、ホックを外した。すると、乳房の隆起に押し上げられるように、ブラカップがめくれた。

ツンととがった乳首が啓輔を誘ってきた。

淡いピンク色だった。清楚《せいそ》な色合いなのに、とがりきっているのが、なんともそそった。

乳房の形はお椀型だ。底が持ち上がっている。

「綺麗《きれい》なおっぱいだな、里奈」

「ああ、恥ずかしいです、課長……」

鎖骨《さこつ》まで羞恥《しゅうち》色に染めつつも、自信があるのか、バストを隠すような仕草は見せなかった。

啓輔は部下の乳房を鷲《わし》摑みにした。形の良いお椀を崩すように、揉みしだく。

「はあっ、ああ……課長……」

里奈がなんとも甘い声で、課長、と言うたびに、トランクスの下でこちこちのペニスがひくついた。

崩しても崩しても、手を離せば、元の美麗なお椀に戻る。白いふくらみに、手形の跡がうっすらと浮かんでいる。

さらにとがった乳首を摘もうとすると、耳元でぷーんという羽音がした。二匹めの蚊が、とがりきった乳首の乳輪に止まった。

あっ、と里奈が声をあげた。

蚊に刺されたのに気づいたものの、払ったりしなかった。窺《うかが》うように啓輔を見ながら、じっと吸わせるままにしている。

白い太腿を汚した赤い血には、少なからずMの気が流れているのかもしれない。

乳輪の血をたっぷりと吸うと、蚊が離れていった。

「やっぱり、私ばっかり……」

「まあ、若い肌とおやじの肌があったら、誰でも、里奈の方に行くだろう。それは生き物としての本能だな」

そう言うと、啓輔は里奈の乳首にしゃぶりついた。蚊に刺されたばかりの乳輪ごと、ぺろりと舐め上げる。

すると、はあんっ、となんとも甘い喘ぎを洩らし、里奈が汗ばみはじめた身体を震わせた。

今宵《こよい》は熱帯夜であった。熱気がじわっと肌にまとわりついてくる。

いつもなら不快な暑さだが、今は歓迎だ。

汗ばんだ里奈の肌から、啓輔の股間をせつなく疼《うず》かせるような汗の匂いが、じわっと醸《かも》し出されている。

美人ＯＬの汗の匂いは、極上であった。

「あっ、ああっ……あんっ……」

乳輪の痒みを舌で癒される喜びと、とがりきった乳首を吸われる愉悦《ゆえつ》が混ざり合っているのか、里奈はひくひくと上半身をふるわせながら、啓輔の背中に腕をまわしてきた。

ワイシャツ越しに、指を食い込ませてくる。

真夏の夜。誰とも密着したくないが、唯一《ゆいいつ》の例外が里奈と言えた。

左右の耳元で、ぷーん、ぷーんと蚊の羽音が鳴った。里奈の乳房から顔をあげると、二匹の蚊が、乳房に向かっていた。

一匹は乳首の横、もう一匹は乳房の底に止まった。

里奈がうらめしそうな顔で、啓輔を見つめる。自分で払うことはしない。

啓輔は蚊に充分新鮮な血を吸わせると、里奈の乳房めがけ、平手を張っていった。

パシッ、パシッ。

「あ、あんっ……」

乳首の横と乳房の底に、赤い血がにじんだ。

「もうだめ……」

と里奈がその場にしゃがみこんだ。はあはあ、と熱い息を吐いている。

4

啓輔は里奈を抱きかかえると、部屋に戻った。窓を閉め、網戸にして、ワイシャツを脱いでいく。

里奈は妖《あや》しく潤ませた瞳で、乳房に残る虫刺されの痕を見つめている。

その間に啓輔はスラックスを脱ぎ、靴下を脱ぎ、そして、トランクスも下げた。

「あっ、課長……すごい……」

我ながら惚《ほ》れ惚《ぼ》れするほど、ペニスは隆々《りゆうりゆう》と勃起し、先端が天を向いていた。

昨夜、久しぶりの妻相手でも、なかなかの勃起力を見せたが、今夜はさらにひとまわり太くなっている気がする。

この二晩ですっかり若返ったようだ。

「課長……お汁《つゆ》が……」

そう言うなり、ブラウスを脱ぎ、ミニスカートだけになった里奈が、啓輔の足もとにひざまずいてきた。

見事な反り返りを、そっと摑んでくる。

それだけで、啓輔は腰を震わせた。

里奈の唇が先端に迫ってきた。鈴口からは先走りの汁がにじんでいた。そんなものを見るのもどれくらいぶりだろうか。

蚊のおかげで、精力が戻ってきていた。つくづく、男の力は精神的なもので左右されるものだと感じる。

里奈の舌が啓輔の先端を這った。ピンクの舌が先走りの汁で白く汚れる。

ああっ、と声をあげたのは、啓輔の方だった。ペニスの先端がとろけていく。

里奈が舐め取ってもすぐに、あらたな汁がにじんできた。

「あんっ……もう……」

じれったそうな声をあげるなり、里奈がぱくっと先端を銜《くわ》えてきた。

野太く張った先端が丸ごと、里奈の口に包まれた。

「ああっ、里奈……」

里奈はくびれを唇で締めながら、舌腹を先端に這わせている。

それと同時に、左手を垂れ袋に伸ばしてきた。とてもソフトに、やわやわとした刺激を与えてくる。

さっきまでと立場が変わり、啓輔がくなくなと下半身をくねらせる番になっていた。

半日前まで、共に仕事をしていた部下が、半日たって、今、啓輔のペニスにお口で奉仕しているのだ。

里奈がペニスを吐き出した。ねっとりと唾液が糸を引く。

「課長の……おいしい……」

「そ、そうか……」

反り返った胴体を持ち、里奈がぺろぺろと裏の筋を舐めてくる。

仲村くんにこんなフェラテクがあったとは。

「あんっ、また、出てきてる……課長、お若いですね」

部屋に入ってまだクーラーを点《つ》けていない。網戸からはかすかに風が入ってくるだけだ。

股間からは、絶えず里奈の汗の匂いが立ちのぼってきている。見下ろすと、お椀型の乳房に汗の雫《しずく》がいくつも浮かび、それが、深い谷間へと次々と伝い落ちていた。

啓輔は里奈を立たせると、ミニスカートを脱がせた。深紅のパンティがぴたっと恥丘に貼り付いていた。

「おや、里奈も汁を出しているようだな」

縦の筋にそって、黒い沁《し》みがにじんでいた。

「えっ……」

里奈が自分の股間に目をやり、いや、と両手でパンティのフロントを覆った。

その手を摑み、脇へと押しやる。

すると、さっきより沁みが濃くなっていた。

「あんっ……恥ずかしいです……そんなにじろじろ見ないでください、課長……ああ、はやく脱がせて……」

恥毛を露出するよりも、パンティの沁みを見られる方が恥ずかしいのか。女心は複雑だ。

啓輔はパンティに手をかけると、めくるように引き下げた。

すると、愛液がねっとりと糸を引いた。

「あんっ……恥ずかしい……」

と里奈が糸を引いた愛液を隠そうとする。

啓輔はその場にしゃがむと、糸に吸い付いていった。じゅるっと吸い込み、そのまま部下の草むらに顔を押しつけていく。

「あっ、だめっ……」

むせんばかりの里奈の匂いに包まれる。甘い汗の匂いとはまた違った、蜜壺の中で発酵《はっこう》したような濃い匂いであった。

クリトリスを啄《ついば》み、強めに吸うと、里奈が崩れてきた。

だめです、と動いた唇を奪い、舌を入れる。

すると、里奈がしがみついてきた。若さが詰まった乳房が、啓輔の胸板で押しつぶされる。

クーラー無しの部屋。相手が違えば、ひたすら暑苦しいはずの密着だったが、汗のぬるぬる感がなんとも心地よい。

「あっ……また……蚊に……刺されました」

やわらかな二の腕に、赤い痕が浮かび上がる。

「里奈といっしょに部屋に入ってきたようだな」

「あんっ、どうして、私ばかりなの……課長も刺されてください」

啓輔は里奈の裸体をしっかりと抱きかかえると、ベッドにあげた。シックスナインをしよう、と告げ、仰向《あおむ》けになった。

恥ずかしい、と言いつつ、里奈が啓輔の顔を跨《また》いできた。

啓輔は恥毛に飾られている里奈の割れ目に指を添え、ぐっと開いた。

「あんっ……だめ……」

里奈が恥じらうようにヒップをうねらせる。すると、それと同時に、あらわになっている粘膜も、きゅきゅっとした収縮を見せた。

啓輔は里奈の中に指を挿入した。そこは、燃えるようだった。

まさぐるようにしながら前後に動かすと、啓輔のペニスにしゃぶりついていた里奈が、顔を反らせて、熱い喘ぎを洩らす。

「あんっ、指じゃなくて……」

色えくぼが刻まれた尻たぼに、蚊が止まった。啓輔はパンッと尻たぼを叩いた。

すると、あんっ、と声をあげ、強烈に指を締めてきた。

啓輔はシックスナインを解《と》くと、そのままバックから、部下と繋がっていった。

「ああっ……課長っ……」

里奈の蜜壺は狭《せま》かったが、大量の蜜が潤滑油となって、奥までずぼっと貫《つらぬ》くことが出来た。

尻たぼを掴み、ぐいぐいと背後から抜き挿《さ》すと、里奈の背中にじわっとあぶら汗がにじんでくる。

濃厚な汗の匂いに誘われてか、二匹の蚊が背中に近寄り、止まる。

「あっ、ああっ……すごいっ……ああっ、課長、すごいですっ」

一往復ごとに、里奈が背中を反らせてよがり泣く。もう、蚊に刺されていることにも気づかないようだった。

背中が前後上下に動いても、二匹の蚊は里奈の血を吸い続けている。よほどうまいのだろう。

どう考えても、こいつらはオスだ。啓輔は蚊と共に、若い身体を味わっていた。

「あ、ああっ……もう、もうっ……いっちゃいそうですっ」

仕事中はいつもしっかりとまとめている長い髪を振り乱し、里奈が舌足らずに訴える。

蜜壺の締め付けがさらに強烈になっている。そこをえぐるように、啓輔は突いていた。

「ああっ、ああっ……ダメダメ……もう、ダメッ」

いくっ、と里奈が告げたと同時に、啓輔も緊張を解いていた。

どくどく、どくっ、と大量の飛沫《しぶき》が噴《ふ》き出した。

5

翌朝、目覚めのシャワーを浴びるためにベッドから起きあがった里奈は、乳房やお腹、そして太腿に残ったたくさんの虫刺されの痕に、呆然《ぼうぜん》となった。

「課長っ、起きてくださいっ」

と楢崎啓輔を揺すった。

「どうした」

「今夜、デートなんです。彼氏に虫刺されの痕が、増えているって、疑われます。あんっ、課長のせいですっ」

「現実に、疑われること、やっているだろう」

「そんな……責任とってください」

「いいことを教えてあげよう」

と課長が里奈の耳元で囁《ささや》いた。

里奈の頬が赤くなり、乳首がぷくっとしこっていった。

その夜、啓輔は仕事帰りに、途中下車していた。例のアパートがある駅で降りていた。気になって仕方がなかったのだ。かといって、妻に訊《たず》ねる勇気などない。啓輔は妻と別れる気はなかった。

二階建てのアパートは思っていた以上に古かった。こんな朽《く》ちかけたアパートに住んでいる男と、真奈美は本当に付き合っているのだろうか。

外階段で二階に上がり、奥の部屋まで歩く。ドアノブに、新しい入居者のための、電気やガスのお知らせの袋がぶら下がっていた。

ということは、誰も住んでいないのか。この部屋ではなかったか……いや、この部屋のはずである。

薄い扉の向こうから、女性のよがり声が聞こえてきた。

その途端、啓輔の心臓が早鐘を打ちはじめた。この扉の向こうに、真奈美がいる。男とやっている。

啓輔はドアに顔を寄せた。あちこちに、小さな穴が開いていた。

白い裸体が視界に飛び込んできた。狭い台所の向こうの四畳半で、裸の男と裸の女が繋がっていた。

男が畳に仰向けに寝て、女が騎乗位で腰を振っていた。

こちらに背中を向けた形で、女の顔はわからなかった。

あれが真奈美なのか……。

ドアノブを掴むと、鍵がかかっていないことがわかった。

尻をうねらせている女は肉付きがよかった。妻ではないような気がする。が、妻のようにも見える。

情《なさ》けないことに、よくわからない。自分の妻の裸体をよく知らない。二日前に抱いたのに、裸の後ろ姿がわからない。

「あっ、あぁっ……いいっ……」

女の背中がぐぐっと反る。乱れ髪が汗ばんだ背中を掃《は》いている。

とても色っぽい。あれが妻の身体なのか。

啓輔は節穴に強く目を押しつけていた。

妻であれば、すぐにも乗り込んで、やめさせるべきであった。が、身体が動かなかった。それでいて、痛いくらい勃起させていた。

電車が近くの高架を通過するたびに、小さくアパート全体が揺れていた。

電車が通過してしまうと、途端に静かになり、女のよがり声がやけに大きく聞こえてくる。

「いいっ」

と叫び、女が倒れていった。

むっちりと熟《う》れた双臀だけが、見えている。それはあぶら汗まみれで、ぬらぬらと絖光《ぬめ》っていた。

あれは真奈美の尻なのか。

啓輔は妻を薄暗い中でしか抱いたことがなかった。明るくしたまま抱かれることを嫌がるからだ。

それなのに煌々《こうこう》とした明かりの下で、あの女は騎乗位で尻を振っていた。

別の女ではないのか。いや、こういうエッチに目覚めたのかもしれない。あの男が目覚めさせたのかもしれない。

男のペニスが、尻の狭間《はざま》から抜けるのが見えた。

外階段をどたどたと上がってくる足音に、啓輔はあわててドアから離れた。初老の男が血相を変えてこちらに向かってくる。

のぞきを咎《とが》められるのか、と身構えたが、違っていた。

「また、勝手に空き部屋を使っていやがる」

初老の男はドアノブを摑むと、ためらうことなく開いた。どうやら大家のようだった。

「おまえたちっ、人の部屋でなにをやっているっ」

男の股間に顔を埋め、しゃぶっていた女がハッとして上体を起こした。

大家の背後から女を見たが、まったく妻とは違っていた。似ても似つかぬ顔であった。

大家はずかずかと歩み寄ると、女の頬を平手で張った。

苦痛に歪んだ女の顔は、妻が痛がっている顔と重なった。


同じ頃、里奈は彼氏の光治《こうじ》と、そのアパート近くの公園にいた。

ここは、昼間は子供たちの歓声でにぎわうが、夜はカップルたちが集《つど》うところで地元では有名だった。

これまで何度となく光治に誘われていたのだが、外なんて恥ずかしい、と断《こと》わってきていたのだ。

「やっぱりドキドキするね」

「そうだな」

暗がりのあちこちに、カップルたちがいた。白い太腿がのぞくと、ドキンとする。

「あそこにしようか」

うん、と里奈はうなずく。

外灯から離れた芝生《しばふ》の奥に座った。すぐさま、唇を奪われた。はやくも息が荒い。

里奈はキャミソール一枚だった。なるべく肌を露出させるためだ。

公園プレイでかなり昂《たか》ぶっているようで、光治は何度かキャミソール越しにバストを揉んだあと、すぐさま、キャミソールを引き下ろしていった。

いきなり、お椀型の乳房があらわれた。キャミソール自体にカップがついていて、ノーブラだったのだ。

いや、と両腕で胸元を抱いた。その腕を光治が掴み、荒々しく脇にやる。

すると、ぷーんという蚊の羽音が聞こえた。

「蚊がいるな。大丈夫か、里奈」

「うん……」

蚊がいないと困るのだ。さあ、どんどん刺して、どんどん吸って……。

6

日曜日。啓輔の誕生日であり、真奈美との結婚記念日であった。

啓輔はマンション一階の共有スペースにいた。二カ月に一度の管理組合の集まりだ。

八人集まっていたが、やたら、腕を掻く男がいた。一階の住人の富坂《とみさか》であった。年は啓輔と同じくらいか、長い髪を根元でくくり、芸術家のような風貌《ふうぼう》である。

「いやあ、一階は蚊が多くて困りますよ。クーラーが苦手なもので、窓を閉め切るわけにもいかなくてねえ」

そう言って、お腹や背中まで掻いている。

富坂は、自宅でアクセサリーを作って、あちこちのショップに置いてもらっているそうだった。

なかなかいいものを作るのよ、と妻から聞いたことがある。

まさか、こいつと。こいつの部屋で真奈美が……まさか……それは、ないだろうが……。

このところ、啓輔の身近で蚊に刺されている男を見ると、皆、妻の浮気相手のように思えていた。

啓輔の視線を感じたのか、富坂が笑顔を強張《こわば》らせ、そして視線をそらした。

怪しい。どうして、視線をそらすのだ。

じろりとにらむと、俯《うつむ》いてしまった。

どういうことなのか……やはり、真奈美がこいつと……。

7

その夜、十時過ぎに真奈美が待ち合わせのダイニングバーにあらわれた。

「ごめんなさいね。なかなか仕事が終わらなくて」

席につくなり、真奈美は黒のジャケットを脱いだ。下はノースリーブのブラウスだった。

やわらかそうな二の腕が、今夜はやけに眩しく見えた。

「誕生日おめでとう」

と真奈美がリボンのついた小箱を差し出してきた。

ありがとう、と礼を言い、リボンを解《ほど》き、箱の蓋《ふた》を開いた。

ほう、これは、と啓輔は中からブレスレットを取りだした。シルバーで、一見して、手作りだとわかった。

「どうかしら」

「いやあ、気に入ったよ」

日曜ということもあって、啓輔はラフな出《い》で立ちであった。手首にさっそくブレスレットを填《は》めた。

似合うわよ、と妻が微笑《ほほえ》む。

「一週間くらい前から、仕事の帰りに一階の富坂さんの部屋に寄って、教わりながら少しずつ作っていたんだけど。一階はとても蚊が多くて、困ったわ。暑くてパンストを脱いでいたものだから、なんか、太腿の奥まで刺されてしまって。でも、とてもいいものが出来てうれしいな」

そうだったのか。

とんだ取り越し苦労だった。が、そのお陰で妻の魅力を再発見できたし、なんといっても、仲村里奈とエッチが出来た。

夜の公園でも、里奈だけが蚊の餌食《えじき》となったらしい。

これからは、蚊を見掛けても、むやみに殺生《せっしょう》しないようにしよう、と啓輔は思った。

文学青年の恋人

文月　芯

著者・文月《ふづき》　芯《しん》

一九四九年生まれ。日大芸術学部卒業後、演劇、映画製作、イベント関連の仕事につく。〇四年、五年にはスポーツ紙に短期連載。〇七年に長編時代官能小説『六弁花』で書下ろし文庫デビュー、著書に「京太郎妄想剣」シリーズなどがある。

1

池袋《いけぶくろ》繁華街のいかがわしい一画《いっかく》にある、小さなピンク映画館。

館内は、客たちが遠慮会釈《えしゃく》なく喫《す》う煙草《たばこ》のけむりと、鼻をつく便所のアンモニア臭がただよい、モノクロームのスクリーンには退屈な愛憎劇がだらだらとつづいていた。

やがて、客席のあちこちからあからさまなあくびの音が聞こえはじめると、それを見計らったように、スクリーンがいきなり白黒からカラーに変わった。

五十人ほどの客は、ようやく待ちわびたシーンが来たと、いっせいに身をのりだして目を輝かせる。

昭和四十五年頃はまだ、予算の乏《とぼ》しいピンク映画は、ほとんどが濡れ場だけに色をつけるパートカラーという方法をとっていたのだ。

大学の授業をさぼり、たぎる性欲に煽《あお》りたてられるまま来ていた佐川泰夫《さがわやすお》も、退屈なストーリーがやっとおめあてのラブシーンになり、期待に唾《つば》を飲みこむ。

スクリーンでは、さほど美しくもないセーラー服の娘が、勉強部屋に侵入してきた暴漢に追い詰められている。男はニッカボッカに汗臭そうなランニングシャツを着たハナ肇《はじめ》のような顔をしており、笑ってしまうほどパターン通りの展開だった。

男は娘をベッドに押し倒し、セーラー服をむしり取るようにして脱がせていく。白いシュミーズを引き破り、ブラジャーを取ると豊満な乳房がとびだしてプルプルと揺れた。乳首がわりと大きくて濃い小豆《あずき》色をしている。

(女学生のわりには、遊んでいそうな乳首だな)

泰夫はそれでも興奮をする。

ごつい手が乳房をわしづかんだ。

痛々しくゆがんだ白い乳房は、被虐《ひぎゃく》に悶《もだ》える女そのものに見え、かなりいやらしい。

分厚い唇が、乳首を強く吸いジュルジュルと卑猥《ひわい》な音をたてる。

女学生は、それまでさんざん嫌がっていたくせに、乳首を責められると、唐突に経験豊富な女みたいな声をあげはじめた。

(ちぇ、嘘《うそ》くさいなぁ)

泰夫は舌打ちをしながらも、ペニスだけは女優のへたな演技などものともせずに熱くさせる。女を選んでいるゆとりなどない。見た目がたいした女でなくても、乳房を見せつけられただけで、たわいなく興奮してしまう青い年頃だ。

ついに女学生は、ズロースみたいな下穿《したば》きをむりやり脱がされた。陰毛は、ベッドのわきに置かれた机がじゃまをして見えないようなカメラアングルになっている。

「くそっ」

なんとか脇から見えないものかと、スクリーンに向かって虚《むな》しく首の角度を変えてみるのも、あり余る性欲のなせる哀《かな》しさだ。

ハナ肇似の男は、グフフと笑いながらもどかしくニッカボッカを脱ぎ捨て、女学生にのしかかる。

「あううっ」

顔をゆがめて彼女は苦しげに呻《うな》ったが、男が腰を動かしはじめると、またすぐさま気持ちよさそうな声をあげ、いやいやと抗《あらが》いながらも脚《あし》を娼婦みたいに腰にからませる。

(まったくぅ……、リアリティがないんだよな、つきあってられないなあ)

泰夫は内心文句を言うのだが、ペニスは炎を噴《ふ》き出しそうなほど興奮しており、女が鼻にかかったわざとらしい声を洩《も》らすたびに、爆発寸前にビクビクと痙攣《けいれん》をする。

がまんできず、ズボンのポケットに手を入れて昂《たか》ぶるペニスを触《さわ》ると、かえって血は沸《ふっ》騰《とう》し、ヤンチャな不良少年みたいにいきりたつ。

指で、硬くなっている肉茎をこすりはじめた。

スピーカーから大音響の女のあえぎが流れ、場内のよどんだ空気を妖《あや》しげにふるわせている。スクリーンにはアップで映しだされる豊かな乳房が揺れ、小豆色の乳首が男の唾に濡れて突き立っている。

陵辱《りょうじょく》をする男の抽送《ちゅうそう》に、おおげさに身悶える裸の女。

泰夫は、自分のペニスをこすりたてながら恍惚《こうこつ》とした気分で瞼《まぶた》をなかば閉じる。このままペニスをしごいていったら射精をしてしまいそうだ。

（まずいな……）

ズボンにしみを作ることはさけないと、外を歩くときにかなりみっともないことになる。未練がましく手をポケットから抜いた。

映画が終わり、外に出る。猥雑な灯《あか》りに彩《いろど》られた繁華街を、背中をまるめたまま駅に向かって歩きはじめた。

いつもそうだが、性欲をなんとかしようとピンク映画館に入るものの、出るときには欲求不満はさらにつのってしまい、すぐにも暴行魔に変身しそうな危機的な状態に追い詰められる。

街を歩く女たちのミニスカートから覗《のぞ》く太腿《ふともも》がまぶしい。シースルーのシャツに透《す》けるブラジャーが情欲《じょうよく》を煽りたてる。

泰夫は熱にうかされながら歩き、駅近くの書店に入った。

（なんとか、この性欲を鎮《しず》めなくちゃ）

埴谷雄高《はにやゆたか》の『不合理ゆえに吾《われ》信ず』を購《あがな》った。

2

池袋駅から私鉄に乗って十分あまりの住宅街に、宇佐見百合《うさみゆり》の住むアパートがある。泰夫と同じ大学の文学部の同期生で、一年前からつきあいはじめていた。

作家志望の泰夫が怪《あや》しい文学論をぶつと、彼女はいつも目を輝かせて感心しながら聞き入ってくれる。百合は美術大学の入試に落ちて、しかたなくこの大学に来ており、あまり本を読んでいなかったため、泰夫を才能豊かな文学青年と安直《あんちょく》に誤解していた。

泰夫は暗い住宅街の夜道を、下半身の疼《うず》きにぎくしゃくしながら歩き、彼女のアパートにつくとドアをせわしなくノックする。すぐにドアが内側から開けられ、丸顔の百合が小さな目をほそめて笑《え》みをこぼす。美人ではないが、グラマーで、腰が絞《しぼ》れたいい体をしている。

「よかったぁ、私いま帰ってきたところなのよ」

「どこに行っていたんだ」

大学は紛争中でバリケード封鎖をされており、しばらく授業をしていない。

「吉岡《よしおか》くんに呼びだされて、学校の近くの喫茶店にいたの」

泰夫はむっとする。吉岡は全共闘に入っており、同期生とさかんに会ってはオルグ活動に精をだしているという噂《うわさ》だった。泰夫はノンポリ学生だ。それも主義主張があって学生運動に目を向けないのではなく、団体行動が面倒臭いという怠惰《たいだ》な理由からと、デモ行進のシュプレヒコールで大声をあげる自分を想像すると美意識に反すると思ったからだ。

内向的な文学青年を気どっているほうが性《しょう》に合っている。無造作《むぞうさ》な長髪に、うっすらと無精《ぶしょう》髭《ひげ》を生やし、背中をまるめぎみにして、なにやら小難《こむずか》しい顔で読書をする姿が泰夫の好みなのだ。

孤独な悩める文学青年。秘められた才能の予感におののく繊細《せんさい》で敏感な感性。そのことをいまのところ信じているのは、残念ながら恋人の百合だけだ。

「お腹《なか》すいたでしょう、すぐに御飯つくってあげるね。泰ちゃんが来ると思って、好物のサンマの開きが安かったから買ってきたんだ」

百合は、玄関の薄明かりに立っている泰夫をニコニコと見ながら、文学的雰囲気とはおよそかけ離れた下世話《げせわ》なことを平然と口にする。

泰夫は憮然《ぶぜん》としながら座卓の前に座りこんだ。いまとりかかる緊急の課題としては、食欲よりも下半身の疼きだが、まずは彼女の手前、気どって難しい顔をし、買ってきたばかりの埴谷雄高の本をおもむろにひもとく。

横目で台所を見ると、百合がこちらに背を向けて料理をはじめている。

クリーム色の膝《ひざ》上十センチのミニスカートを穿いている。三年前にイギリスから来日したミニスカートの女王と言われたモデルのツイギーに影響されて、おしゃれに敏感な百合もさっそく短いスカートを着用していた。同時にパンティーストッキングなるものも出回りはじめたが、泰夫はこちらのほうは色気に欠けるような気がして好きにはなれなかった。

今日の百合は素足だ。

ほっとして、うしろから白い脚を舐《な》めるように眺《なが》める。モデルのような恰好《かっこう》よさとはいかないが、スカートから覗く太腿《ふともも》の充実した柔肉と引き締まったふくら脛《はぎ》は、まぶしく若さが輝いており、思わず惹《ひ》きつけられる性的な魅力に充《み》ちあふれていた。

泰夫のあぐらをかいた股間で、さきほどからペニスが膨張してジリジリと痺《しび》れている。頭の中には、すこし前に観《み》たピンク映画の生々しいベッドシーンがどっかりと占めており、性欲を容赦《ようしゃ》なく煽《あお》りたてている。

（この醒《さ》めやらぬ性欲を、文学的に表現するとしたら……、うむ……）

原稿用紙を出し、しかめっつらをして腕組みをする。

百合が布巾《ふきん》を手にして近づいてきた。

「あら、いまから原稿を書くの」

戸惑《とまど》った顔をする。

「ああ、いい発想が浮かびそうなんだ」

股間の勃起を隠しながら、顔だけは文豪のようないかめしい表情で答える。

「でも、もうすぐ御飯ができあがるわよ」

あくまでも所帯《しょたい》じみたことを言う恋人を泰夫は冷たく睨《にら》んだ。文学のわからない女だ。飯《めし》よりも文学のほうが大切なことが理解できぬ愚《おろ》か者めが。小説を書くためだったらサンマの開きなどはあとにして……。

「な、なによ」

気難しげな顔のまま、ヌッと手をのばしてやにわに百合の腕をつかむ。

彼女はわずかにうろたえて視線をおよがせた。

「いま構想している小説のなかで、下着姿の女を描かなくてはいけない、わるいがモデルになってくれ」

「あら、いやらしい小説を書くつもりなの」

にわかに軽蔑《けいべつ》したような目をする百合に、

「バカ、俺が書くのは純文学だ。吉行淳之介《よしゆきじゅんのすけ》みたいなやつだ」

怒りながら、彼女の体を引きよせて抱きしめながら体の自由を奪《うば》い、ミニスカートを無造作にたくし上げる。

「だめよ、もうすぐ御飯なんだからぁ」

「そんなものあとでいい、いま素晴らしい小説のイメージが湧きかけている、このチャンスを逃したくない」

いっぱしの作家気取りだ。ほんとうは、さきほどのピンク映画での女優の裸体を思い重ね、あらわになった百合の柔らかな太腿をむさぼるように撫《な》でているだけなのだ。しかし、そんなことはけっして口には出さない。

「こんな、明るいところで……」

いままでセックスをするときは、部屋は豆電球の薄暗い灯りのもとばかりだった。百合は恥じらう声をあげ、いやらしく太腿を這《は》いまわる男の手から逃《のが》れようと脚をもがかせるが、かえってスカートが乱れて腰までが剥《む》きだしになってしまう。しばらくパンティーのとろけるような感触を味わっていた泰夫の指が、やがて無《ぶ》遠慮に股ぐりにのび、薄布の上から陰裂の肉をこすりたてはじめる。

「ふうう……、だめぇ」

彼女は、男の指に応《こた》えてしまう自分の下半身に困惑した目をしながら、ためらいがちに鼻声を洩らす。手にしていた布巾がさりげなく座卓に置かれた。全身から力を徐々に抜いて男に身を任《まか》せる体勢に入り、やがて目が油を塗ったような妖しく粘《ねば》った光をたたえはじめる。

「ほんとうに、いやらしい気持ちじゃなくて、小説のためなのよね」

「当然だ」

「吉行淳之介ね」

「もちろん」

「電気消したらだめなの」

「あたりまえだ」

泰夫は、彼女のブラウスのボタンをもどかし気に外しはじめた。

3

（おおっ、今日の映画と同じだ）

心の中で泰夫は歓喜の声をあげる。

百合はブラウスの下にシュミーズをつけていた。映画でも、男に襲われる女子高生がシュミーズをつけており、その姿にどういうわけだかひどく興奮をしたのだ。女子大生の百合がつけている下着は、高校生よりは大人《おとな》っぽく見え、手触《てざわ》りもはるかによさそうだった。

泰夫は頬《ほお》ずりをする。

胸のところでブラジャーの硬いカップに触れ、興《きょう》ざめした気分で顔を上げる。

「頼みがあるんだけど」

またしても気難しい顔をして言う。百合がなかばうっとりと閉じていた瞼を開けて視線を向けてくると、

「シュミーズはそのままで、ブラジャーだけ抜き取ってくれないかな」

彼女は一瞬理解しがたい表情になったが、やがて、なんとか納得しようと努力する顔をした。

「これも小説を書くためなのね」

「ああ……」

「吉行淳之介なのね」

かなりものわかりがよくなっている。仰向《あおむ》けに寝たまま、すぐに背中を弓なりにして手をまわし、ブラジャーのホックを外すと、器用に両方の肩紐《かたひも》から腕を抜いた。そしてシュ

ミーズの下から、胸を押さえつけていたカップの下着をうまく抜き出した。

泰夫は、なかば透《す》けている布に被《おお》われた胸の膨《ふく》らみをじっと眺める。乳首が薄い布を小さく突き上げている。

すべりのいいナイロンの上から、ツルツルと指先で小粒を撫でまわすと、たちまち突起は硬さを増し、ふるえながら鋭くとがりはじめた。唇をつけ、布に唾を大量にまぶす。ぴったりと布が張りついて浮き出した乳首を強く吸う。

「あうっ」

百合は眉をしかめて声を洩らすまいとする。

泰夫は、飢《う》えた獣《けもの》みたいに乳首をむさぼる。

彼女の鼻息が徐々に乱れてきた。

こんどは、腰までまくれ上がっているミニスカートを足首からもどかしく抜き取り、部屋の隅《すみ》に無造作に放りなげる。なんだか映画の陵辱者になった気分だ。

(こうなったら、ついでに……)

勢いづいて、シュミーズに両手をかけ、思いきり引き裂いた。女の下着を破るなど生まれて初めてのことだ。驚いた彼女の悲鳴があがった。

「なにするのよ、やめてよ乱暴は」

口をとがらせて抗議をするが、興奮した泰夫のつりあがった目を見るとにわかに黙りこみ、恐々《こわごわ》と訊《き》く。

「本気じゃないよね」

「文学のためだ」

小説のためなら、シュミーズを破るし、乳首もむさぼる。それがどうした文句があるか。俺はそのうち芥川《あくたがわ》賞作家になってやるんだ。日本一の芥川龍之介《りゅうのすけ》賞作家だぞ。

頭に血をのぼらせた泰夫は、狂気に取り憑《つ》かれたようにシュミーズを執拗《しつよう》に破りつづける。呆気《あっけ》にとられた百合は、目に涙をためたまま、なすすべもなく哀れ裸に剝かれていった。

つぎに泰夫はパンティーに目をやる。

女子大生らしいおとなしいデザインの下着だ。それでも陰毛が、淡《あわ》い影となって映《うつ》っているのがそそられる。

(このさい、パンティーも破ってやる)

考えただけで血が熱くなり、ペニスが期待にふるえはじめた。薄布に指をかけると、百合は首をふって、

「いやよ、そんなこと」

小声で抗うが、決して本心から嫌がってはいないことがわかる。むしろ気持ちが昂ぶっ

ているのか、唇の紅《あか》さが増して淫《みだ》らがましく艶《つや》めいている。

「よし、やるぞ」

悪ぶる泰夫に、彼女がふたたび電気を消してと哀願する。当然無視だ。こんなときは、せめて文学青年の恋人なら、

——あんたいいわ、小説のためだったら、わてのパンティーの一枚や二枚、心ゆくまで破りなはれ。

演歌に出てくるけなげな恋女房のような口をきいてもらいたい。

どちらにしても、遠慮せずに股間を隠している下着を破らせてもらうことにする。薄布に指をかけ、思いきり力を入れると、気分のいいほどに引き裂かれる音が響く。たちまちボロ布となったパンティーの裂け目から、漆黒《しっこく》の陰毛が生々しく現れた。

映画のように、女を陵辱している男の気分でドキドキする。かすかにふるえる指で陰毛のかたまりを撫でたあと、数本をつまんで引っぱってみる。

「あん、痛い、だめよぅ」

百合がやたら甘い声をあげた。いままで耳にしたことのない声だ。もっともっと虐《いじ》めてみたい気になる。指をさらに奥に進め、陰裂に触れた。驚いたことにびっしょりと濡れており、いやらしい微熱まで感じることができる。割れ目の柔肉がひくつきながら指にまつ

わりついてくる。ピンク映画では、ニッカボッカを穿いたハナ肇みたいな顔の陵辱者が、

「上の口は嫌がっても、下の口は悦《よろこ》んでいるじゃねえか」

などと、文学青年の泰夫がひっくり返ってしまうようなお下劣《げれつ》なセリフを吐いていた。

いくら悪ぶっても、さすがにそんな赤面《せきめん》ものの言葉は口にはできないが、

「百合、びしょびしょじゃないか」

とは言ってみた。それでも彼女は、とたんに真っ赤になって手で顔を被《おお》った。意外な効果に気をよくした泰夫は、ぬめる割れ目を指で執拗にまさぐりつづける。

クリトリスがありそうな場所に指を運んでみる。たがいに童貞と処女で結ばれて間もないこともあり、いままで女体のあちこちをじっくりと探索するゆとりなどなかったのだが、なぜか今夜は、いつもとシチュエーションが違うせいか大胆になれる。

『平凡パンチ』を読んで、クリトリスの愛撫のしかたはわかっているつもりだ。やさしく撫でて、揉《も》んで、繊細《せんさい》につつく。するとかすかにクリちゃんが豆つぶのように勃《た》ってくる。

「はううう……」

彼女が、咽《のど》の奥からとろけるような声を洩らした。これも初めての反応だ。きっと百合のほうも、この芝居じみた行為にいつになく興奮しているのだろう。

こんどは体の位置をずらし、女体の足許《あしもと》にまわった。両足首に手をかけると、百合はビ

クッとして全身を硬くする。

「いやっ」

激しく首をふりながら拒絶した。過去数度のセックスでは、まだ遠慮をして彼女の陰部を見ようとしないまま、ただひたすら勃起を女陰に挿入して果てていたのだ。

4

煌々《こうこう》と明るい電灯のもとで、さすがに彼女は脚を開くのを頑《かたく》なに抵抗した。しかし、泰夫もここまできて途中でやめるわけにはいかない。破られて太腿に引っかかっているパンティーを乱暴に脚から抜き取り、足首を握った手に力をこめて、むりやりにひろげていった。

「やめて、ほんとうに」

彼女は泣きそうな声をあげ、全身を必死によじって逃れようとするが、性欲に見境《みさかい》がなくなった男の力にはかなわない。悲鳴のような声とともに、脚はゆっくりと哀しげに開かれていった。

(す、すごいっ)

泰夫は感動に目を瞠《みは》る。生まれて初めて女陰を目の当《ま》たりに眺めた。ピンク映画では、女陰ばかりか陰毛すら映さない。いくら大スクリーンとはいっても、しょせん現実の女体がかもす生の迫力にはかなわない。

「お願い、電気を消して」

ほとんど泣き声で訴《うった》える百合に、返事をすることすら忘れ、唾を音をあげながら何度も飲みこむ。

(女の性器って、こんなふうになっていたんだ)

中学生のころ、母が毎月買っていた婦人雑誌の付録に、セックス特集の冊子がついていることがあり、押入の奥に隠されたそれをひそかに眺めていた。しかし簡単な絵で女性器が描かれてあるだけで、それでも充分に興奮はしたが、どうしてもリアルなイメージは湧いてこなかった。

いま目の前にある女陰は、くすんだ肌色の複雑な柔肉の裂け目がうねって、けっして美しいとは思えないが、なぜか男の心を強く惹きつける不思議な魅力に富んでいた。

蜜《みつ》が湧きだしたように艶やかに濡れているのが、女の隠された淫らな心そのものに見える。泰夫は頭をクラクラとさせながらも愛おしさを覚えた。百合の恥じらいの場所に口をつけたい。ピンク映画のような獣欲《じゅうよく》剥きだしの下品にむさぼるやりかたではなく、やさしくいたわる気持ちで舌を這わせてやりたい。

顔を股間へと近づけていった。

「だ、だめよ、そんなこと」

百合の慌《あわ》てた声があがり、必死に男から逃れようと腰を何度もひねる。まだたがいに性器へ口での愛撫はしたことがない。活字による曖昧《あいまい》な知識はあっても、そのような大胆な行為は自分たちのセックスとは無縁のものだと思っていた。

泰夫は、彼女の暴《あば》れる脚の間に、顔を強引に挟みこみ、とうとう女陰に唇を押しつけた。

「あっ、いやぁ」

百合は叫ぶと、顔を両手で隠して、急に萎《な》えたように全身の力を抜いた。

「ひどいよ、こんなこと……、ひどいよぅ」

泣きじゃくる声を聞きながら、泰夫は濡れている陰裂を舐める。かすかにしょっぱい味がするのが切《せつ》ない。女陰を愛撫《あいぶ》する技巧《ぎこう》もなく、ひたすら舌を使いながら、目は間近の陰毛を眺めている。黒い草むらの先に、乳房の柔らかそうな山が見える。ふたつの膨らみの間からさらに離れて、白くとがった女の顎《あご》があり、ヒクヒクとうごめいていた。

あまり舐めているばかりでは芸がないと、こんどは唇を強く押しつけて吸ってみた。

「あっ、ううう」

女体がわずかにくねった。唇をクニュクニュと陰裂に押しつけると、百合の泣きじゃくっていた声が小さなうめきに変わった。女の股間から発する熱が、唇や鼻先に淫らがましく伝わってくる。

「気持ちよくなってきたんだろう」

「知らない……、ばか」

恥じらいながらも媚《こび》を含んだ声が返ってきた。泰夫はぬめる股間から体を起こし、探《さぐ》る目で話しかける。

「ねえ、こんどは――」

「俺のあそこを舐めてくんないかな」

仰向《あおむ》けに寝たまま、彼女は呆気にとられた顔をした。

「本気で言っているの、そんなこと」

「ああ、やっぱり現実に体験しないと、小説の表現にリアリティが出ないんだ。純文学だって性描写は必要なんだよ」

「泰ちゃん、最初のころと変わったね」

「そうかなあ」

「初めて会ったとき、庄司薫《しょうじかおる》の『赤頭巾《あかずきん》ちゃん気をつけて』みたいな青春小説を書きたいっていたのよ」

泰夫は黙りこむ。あのときは百合の心を惹きつけるため、芥川賞を取りベストセラーになっている甘ったるい青春小説を餌《えさ》にしたが、本心ではなかった。そのあとはサリンジャーを話題にし、いまは吉行淳之介を性描写があるのが理由で贔屓《ひいき》にしている。

「俺の中で、文学はつねに進化しつづけているからな」

難しい顔を作り、悩ましげに大きな溜息《ためいき》をつく。どんな屁《へ》理屈を並べたてても、ここでいますぐ百合にフェラチオをしてもらいたかった。いったんセックスの味を知ってしまうと、若く精力旺盛《おうせい》な体は性の深奥《しんおう》を求め、まるで麻薬中毒者のように加速度をつけて快楽にはまっていく。

新鮮味に欠けるポルノ女優のフェラチオではなく、同期の女子大生で、ちょっと前まで処女で、まだひとりしか男を知らなくて、静岡県で建築会社社長の父を持つと噂されるお嬢さまの百合が、ぎこちなくペニスを咥《くわ》える姿を想像すると、それだけでも陰部が破裂しそうなほど興奮する。

「だめならいい、俺、変態と誤解されたみたいだな、残念だよ」

うつむき加減に孤独な顔をつくる。この翳《かげ》りのある表情が女心をつかむと信じており、とくに左横からの角度がいちばんいい。

しかたなさそうに百合は吐息をついた。

「もう……、ちょっとだけよ」

5

仰向けに寝てペニスを禍々《まがまが》しく勃《た》てている男の横に跪《ひざまず》き、彼女は長い髪をうしろにまとめて戸惑《とまど》いながら訊いた。

「これでいいのね」

「ああ」

フェラチオをしている女の顔がよく見えるようにというひそかな思惑《おもわく》から、泰夫が彼女の髪を束《たば》ねるように頼んだのだ。百合は目の前の屹立《きつりつ》しているペニスを眺め、困って照れたような複雑な顔をした。

「どういうやりかたをしたらいいのか、わからないよ」

「まずは、ペニスの先っぽにキスをすればいいよ」

泰夫も未体験で、具体的な技巧などわかってはいない。

彼女は覚悟をしたように目を閉じ、やや厚めの唇をすぼめて勃起に近づけ、亀頭の先に恐々と触れさせた。

そのようすを目をこらして見ていた泰夫は、柔らかな唇が亀頭に押し当てられたとたん、快感にうなりをあげ鳥肌をたてる。

「こんどは、舐めて」

恋人に言われるまま、彼女は舌先で亀頭を舐めはじめた。泰夫はふたたびうなり声をあげ、腰を小刻《こきざ》みにふるわせる。敏感な表皮のうえを、幼虫が這いまわるようなくすぐったさは、とてもオナニーでは味わえない繊細な感覚だ。それに、大学の教室で机を並べている女子大生に舐めてもらうことは、とても背徳《はいとく》的で、贅沢《ぜいたく》で、ポルノ映画など足許におよばないセクシュアルなシチュエーションだった。

彼女の桃色の舌は、フェラチオにすこし馴れてきたらしく、クネクネとうごめきながら亀頭ばかりか肉茎のほうまで移動していった。女の舌がもたらすすぐったさが快感に昇《しょう》華《か》し、甘い痺れが股間にまでひろがっていく。

泰夫は薄れる視界に、勃起に舌を這わせている百合の顔を必死にとらえる。いじらしいほど一生懸命な表情をしており、なんだか見ているだけで目頭が熱くなってきた。

「こんどは咥えてみてくれないか」

ずうずうしく頼むと、彼女はいさぎよく口に勃起を咥えこんだ。

百合の口は生温かく濡れており、唇は遠慮がちに肉茎のほうにまですべっていった。そのぎこちなさが、いっそう快感となって伝わってきた。

何度か柔らかい唇で肉茎を往復してもらっているうち、急速にペニスの恍惚《こうこつ》感は増し、股間の奥から射精欲が激しく湧きあがってきた。

「うっ、出る」

あわてて腰を引き勃起を彼女の口から抜こうとしたが、ときすでに遅く、怒濤の精液は尿道を一気におしよせ、すさまじい勢いで女の口中に噴出した。

百合は苦しそうにむせながら、ちり紙に精液を吐き出して涙ぐむ。

「ひどいよぅ、泰ちゃん」

かすれた声で文句を言い、恋人を恨《うら》みがましく睨む。その哀れな姿がみょうにエロっぽく、泰夫はもっと虐めたくなり、果てたばかりのペニスをすぐに硬直させる。

なにも言わず強引に百合を四つん這いにさせた。

「な、なにをするの」

おろおろする彼女にかまわず、獣の恰好で勃起を女陰に突き挿《さ》す。

「いやよっ」

いままで数度の交わりは、つつましい正常位ばかりだった。それが学生の正しいセックスだと信じていた。

「こんな恰好、恥ずかしい」

心底《しんそこ》驚いたように百合は言うが、腰を抱えられながらうしろから挿入されて逃れようがない。嫌がる女体の背中がくねるのにたまらなく惹きつけられ、膣の中でペニスがいちだんと膨張する。

激しく抽送をした。

女の尻と男の下腹がぶち当たり、柔肉が派手で卑猥な音を響かせる。百合は獣の恰好を嫌がりながらも、勃起に膣を責められる快感に悲鳴をあげる。

泰夫は、汗ばんだ女尻の柔肉が下腹に密着するのが気持ちよく、勃起をできるかぎり膣の奥へと乱暴に挿入する。膣の粘膜がザワザワと揉みこむように締めつけてきた。

泰夫は膣のうごめきに抗い、がむしゃらに勃起でかきまわす。

「あうう、もういや、こんなの」

四つん這いで悶える百合は、肌をうっすらとピンクに染めながら、紡錘《ぼうすい》形に垂れた乳房と、力の抜けた首を哀しげに揺らしてあえぎつづける。

「これも文学のためだ」

「私、もう小説なんかどうでもいい。これじゃ獣と同じじよ」

「バカ、こうやって人間の醜《みにく》い姿をさらすことが芥川賞につながるんだ」

「だって、私、娼婦みたい」

「それでいいんだ、女は娼婦になって、初めて美しく輝く」

いいかげんな出まかせを口にしつつ、泰夫は二度目の射精に向かって激しく腰をふりたてる。

百合のあえぎ声がいままでになく高くなっていき、

「私、わたしぃ……、おかしくなってしまいそう、あああ、どうしよう」

収拾《しゅうしゅう》のつかなくなった乱れた声をあげる。

「それって、イクってことだよな」

泰夫は嬉《うれ》しげに訊く。ピンク映画やエロ小説でよく女が、イクイクと口走っていたが、いまいち実感としてわからなかった。女に絶頂を迎えさせることができたら、ついに自分も一人前の男になる。ここはひとつ踏んばりどきだ。

雄叫《おたけ》びをあげたい気分で猛然と腰を動かしはじめる。

ついに膣の粘膜をこすりたてる勃起に炎があがった。百合が腕を支えきれずに折りまげ、そのぶん尻を高々と突き出した。

女の絶頂をむかえた悲鳴が響く。

泰夫も獣のような咆哮《ほうこう》を迸《ほとばし》らせる。沸騰した精液が膣の中で音をあげながら噴射した。ふたりは全身を激しく痙攣させ、闇の奈落《ならく》に真っ逆《さか》さまに落とされるような気分で意識を薄れさせた。

すべてが終息し、百合は乱れた息が治まらないまま、畳に裸体をまるめてべそをかく。

「ひどいよ、コンドームをつけないで私の中に出したのね、もし赤ちゃんができたらどうするのよ」

憮然《ぶぜん》として泰夫は、返事をしないまま煙草を喫いはじめた。とりあえず妊娠のことなどは考えたくない。しばらくは、いままでにない濃厚なセックスを経験した充足感に浸《ひた》っていたかった。

薄いカーテンを通して、勢いのある朝の光がさしている。

泰夫はまぶしさに顔をゆがめながら目覚めた。百合のアパートに泊まったのだ。昨夜、充足したセックスをしたあと、百合と食事をとり、ふたりで近所の風呂屋に行った。部屋に帰ってくるととりとめもなくテレビを観て、夜遅くひとつの蒲団《ふとん》に入ったが、さすがに交わることなく抱き合って眠った。

ピンク色のカーテンのおかげで、さしこむ陽光に柔らかみがあり、隣で背を向けて眠っている百合の頸筋《くびすじ》が火照《ほて》っているように見える。その肌を眺めているうちに、昨日の大胆なセックスが甦《よみがえ》ってきて、股間のペニスがたちまち目覚めてうごめきはじめた。

女体の背後から腕をまわし、パジャマと一緒に乳房を揉みはじめる。

「あぅんん、だめよう」

眠りから覚めた彼女が、甘える鼻声を洩らしながら身をよじった。泰夫はかまわずにパジャマのボタンを外し、温《ぬく》もっている乳房に直接触れた。

「ねえ、これも文学なのぅ」

百合は、乳首をやさしくつままれて肩をすぼめながら訊いた。

「ああ、もちろんだ。遅い朝のまどろみのなか、たがいの肌の温もりにいっときの安らぎを見出《みいだ》し、やさしくまさぐりあう……」

「だったら、私もまさぐっちゃおう」

ニコリと笑い、掛け布団を無造作に剝《は》ぎとり、泰夫のシャツとブリーフを脱がせて裸にした。

「百合、どうしたんだよ」

いままで受け身ばかりだった彼女が、一晩で大胆で積極的な女に変身している。

「私も文学する」

ささやくと、半身を起こして男の腰に顔を近づけ、いきなり勃起を咥えた。亀頭に舌をからませてチュルチュルと吸いはじめる。

「くうう、す、すごいよ百合ぃ」

泰夫は歯をくいしばり、たまらずよがり声をあげた。

そのとき——

玄関のドアをせわしなくノックする音が聞こえた。六畳一間と台所、その脇に狭《せま》い玄関があるだけのアパートにノックは不穏に響く。

「もう、こんな朝に誰かしら」

不興気《ふきょうげ》に百合は勃起から口を離すと、パジャマのボタンをはめながら、玄関のドアを薄く開けた。

「あっ、お父さん」

驚愕《きょうがく》する彼女の声にかぶさって、廊下から野太《のぶと》い男の声がせわしなく暴れこんできた。

「おう百合、いたか。仕事で明け方に静岡を出て東京にきたぞ。これサンマの醤油《しょうゆ》干《ぼ》し、みやげだ」

泰夫は蒲団から跳《は》ねおきた。動転して部屋の隅にある彼女の机にとびつき、昨日買った埴谷雄高の『不合理ゆえに吾信ず』を開いて読むふりをはじめた。

背後で百合の父親が無遠慮にズカズカと部屋に入ってくる音がし、一瞬間があってから、

「誰だ、この男はっ」

全裸で読書をする間抜けな青年を見て怒鳴《どな》った。泰夫はふるえながら立ちあがり、父親のほうへ向いた。体格のいい中年男で、なんだかこの人もハナ肇みたいな顔をしている。

「はじめまして、僕、百合さんと同じ大学の文学部同期の佐川泰夫ともうします」

直立不動の姿勢をとる。

「本日は、百合さんと読書会をしようとおじゃましています」

「素っ裸でか」

父親は、ヒョロリとした青年の裸体を睨《ね》めつけ、さいごに腰のあたりに視線を向けて大目玉を剝く。泰夫は垂れているペニスに気づき、あわてて埴谷雄高の本で隠した。父親の顔がみるみるうちに紅潮し、歯がギリギリと鳴るのがわかった。

「おまえ、うちの大切な娘を傷ものにしやがったな」

怒鳴り声と一緒に岩のような拳《こぶし》がうなりをあげてとんできた。顔面に激しい衝撃をうけ、派手に赤や青の火花が散った。そのまま、フワ〜と気の抜けた声を洩らしながら転倒し、後頭部を壁でしたたかに打った。

遠くで百合の叫びが聞こえる。

意識を急速に遠のかせながら、泰夫はこのとき文学の無力を知った。

あれから一ヶ月後——

池袋繁華街のいかがわしい一画にある、小さなピンク映画館で、泰夫は相変わらずパートカラーのピンク映画を観ていた。しばらく女体に触れることができず、欲望はいつにも増して際限なく膨張し、映画の記憶や『平凡パンチ』をおかずにしてオナニーをするだけではとても間に合わない。

百合は父親につれられて、静岡の実家に帰っていた。連絡もまったくない。もしかしたらこのまま大学を辞《や》めて、永遠の別れになってしまうのかもしれない。文学を口実《こうじつ》にして女体をむさぼった日々が懐《なつ》かしい。

泰夫は、ベッドシーンになったカラースクリーンを眺めながら、ポケットに手を入れて勃起をいじってみた。しかし、なぜか虚しさを感じる。

(これで、俺の文学的青春は終わったな)

と、つぶやいてみた。

※この物語は完全なノンフィクションであり、主人公はいまだどこかに生存しております。

濡《ぬ》れた夜を巻き戻して

睦月影郎

著者・睦《む》月《つき》影《かげ》郎《ろう》

一九五六年神奈川県生まれ。『おんな秘帖』で時代官能の牽引役となり、その後も次々と作品を発表、今最も読者を熱くする作家である。作品に『おしのび秘図』『ふしだら曼陀羅』『ほてり草紙』『ごくらく奥義』など多数。近著に『蜜仕置』『蜜双六』（祥伝社文庫）がある。

1

（とうとう、素人《しろうと》童貞のまま三十歳になってしまったか……）

零時を回り、今日の仕事を終えた郁男《いくお》は嘆息《たんそく》しながら、ノートパソコンのスイッチを切った。

誕生日と言っても、恋人もいないから誰も祝ってくれない。

仕方ないから一週間ぶりの風呂に入り、身体《からだ》を隅々《すみずみ》まで洗い流した。

大学を中退してから、いろいろなバイトを経験してきたが、今はエロライター稼業を始めて三年。

風俗取材で、一回だけ出版社の金でソープに行ったことはあるが、事務的で味気なく、初体験の感激はそれほどなく、オナニーの方がずっと良いと思ったものだ。

やはりソープ嬢は毎日入浴し、この世で最もナマの匂《にお》いの少ない女性だから物足りなかったのだろう。

とにかく郁男は身体を洗い流し、いつものように湯船に浸《つ》かりながら放尿し、やはり一週間ぶりぐらいに歯も磨《みが》いてから、湯を抜いてユニットバスを出た。

今は自分の全身どこを舐《な》めても綺麗《きれい》だろうに、女性とは縁《えん》がないから、あとはオナニーして寝るだけだった。

アパートの部屋は六畳一間に小さなキッチン、バストイレと万年床《どこ》、本棚と仕事机があるきりである。

アパートは築二十年は経っている古いもので二階建て、各階に三所帯ずつ住人がいた。実家からはそろそろ身を固めろとせっついてくるが、何しろ女性と縁が持てないのだから仕方がなかった。

(雨か……)

洗濯済みのトランクスを穿《は》き、Tシャツを着た郁男は耳を澄《す》ませた。いつの間にか風が出て、雨音が激しくなっていた。

と、そのとき窓の外にある階段を上がっていく足音が聞こえた。

(恵梨子《えりこ》さんか、帰りが遅いな。合コンとかで飲んでいたのかな……)

郁男は思った。

真上の部屋に、小野《おの》恵梨子という二十代前半の女子大生が住んでいるのだ。

黒髪が長く、鼻筋の通った美人で、郁男の最も身近にいる女性である。もっとも顔を合わせても言葉は交わさず、互いに小さく会釈《えしゃく》する程度である。

それでも彼は、二階の気配に耳を澄ませたり、トイレを流す水音などを聞いてオナニーしていた。

何しろ同じ作りの部屋の真上にいるのだから、常に美女に踏《ふ》まれているような妄想《もうそう》も湧《わ》いた。

彼女のゴミなども漁《あさ》りたかったが、大家が監視しているので取るわけにもいかない。

恵梨子のオシッコを浴《あ》びたい、などと思いながら何度絶頂を迎えたことだろうか。

しかし郁男の知るかぎり、恵梨子の部屋に男が訪ねてきたことはなかった。

（ん？　変だな。部屋に入った気配がしない）

郁男は聞き耳を立てていたが、いつもと違う様子に気づいた。

すると、また外階段を下りてくる足音がしたのだ。

そしてためらいがちな足音が、郁男の部屋のドアの前で止まり、少し間が空いてから小さくノックされた。

「は、はい……」

郁男は驚いて返事をし、ロックを外して恐る恐るドアを開けてやった。

果たして、雨に濡《ぬ》れた恵梨子が立っていた。スポーツバッグにテニスラケットを持っている。今日はテニスをして、そのあとサークル仲間と飲み会があったのだろう。

ですから……」

「あの、済みません。部屋の鍵《かぎ》をなくしてしまって……、ここだけ灯《あか》りが点《つ》いていたもの
「あ……」

初めて恵梨子の可憐《かれん》な声を聞き、郁男は舞い上がりながらも素早く頭を巡《めぐ》らせた。

「それは困りましたね。とにかく中へ。今日は冷えるし、雨が吹き込みますから」

言うと、恵梨子は小さく頷《うなず》いて入ってきた。確かに風雨が強く、彼女が内側からドアを閉めると少し静かになった。

「携帯の電池も切れてしまったので、充電させて下さい」

「ええ、どうぞ。濡れたものをここへ干して」郁男が、室内に物干し用のロープを張って促《うなが》すと、恵梨子も靴《くつ》を脱いで上がり、バッグとラケットを置き、上着を脱いだ。そしてコンセントにジャックを差し込み、携帯の充電を始めた。

急に、自分だけのくすんだ部屋に華《はな》やかな色彩が加わって明るくなり、ほんのり甘ったるい匂いも立ち籠《こ》めはじめた。

もちろん、この部屋に女性が入ったのは初めてのことである。

恵梨子は顔が赤く、少々酔っているようだ。

確かにこの時間では、他の部屋はどこも灯りは点いていないだろう。コンビニまでは遠

いし、友人の家に行くにはタクシーも通らない場所である。

ましてや台風のように風雨が激しくなってきていた。

「どうします。僕は朝まで仕事があるので、構わず寝ますか。その前にお風呂で身体を温めたらいい」

さっき湯を抜いてしまったのが勿体《もったい》ないが、美女が来たのだから仕方がない。

「でも……」

「風邪《かぜ》を引いたら元も子もないです。どうか安心して。僕には大事な婚約者がいますから」

出任《でまか》せを言いながら、郁男は自分の枕に洗濯済みのタオルをかぶせた。そしてバスルームに行き、またバスタブに栓《せん》をして湯を溜《た》めはじめた。

バスルームから戻ると、恵梨子は何と彼の布団《ふとん》に横になって目を閉じていた。

彼女は、昼間テニスをして過ごし、飲み会の後急な雨風にあって、運動と酔いで疲れているようだ。

（な、何という幸運……！）

郁男は、予期せず飛び込んできた美しい獲物を見下ろして思い、ムクムクと激しく勃起しはじめた。

零時を過ぎ、三十歳になった途端に、この巡り合わせだ。これは、今までモテなかった波が消え、急に運が向いてきたのかも知れないと思った。

恵梨子は、あまり酒が強くないようで、すでに規則正しい寝息を立てはじめていた。

そのとき郁男が真っ先にしたのが、ＤＶＤカメラに録画することだった。

カメラを取り出し、レンズを彼女の全身が映るように、隠してセットした。この動画は、今後の貴重なオナニーライフのオカズになるだろう。

どうせ一期一会《いちごいちえ》、こんな幸運は今夜だけだと無意識に悟《さと》ったので、彼は恵梨子と恋人になることより、充実したオカズを目的にしたのである。

「さあ、濡れた服のままだといけないよ」

郁男は囁《ささや》きかけ、恵梨子のブラウスのボタンを外しはじめた。

もしも我に返った彼女が拒《こば》めば止《や》めるし、実際雨に濡れているのだから言い訳も立つだろう。

激しい緊張と興奮に指を震わせながら、ようやくボタンを外し終えて左右に開くと、ブラの胸が現れ、さらに内に籠もっていた熱気が、甘ったるい汗の匂いを含んで艶《なま》めかしく揺《ゆ》らめいた。

身を起こさせ、ブラウスを脱がせると、途中から恵梨子も朦朧《もうろう》としながらも従ってくれ、さらに彼はブラの背中のホックも外してしまった。

緩《ゆる》んだブラを外し、上半身裸で再び仰向《あおむ》けにさせると、何とも形良いオッパイが魅惑《みわく》的に息づいていた。

2

（うわ……、ナマのオッパイだ……。清潔なソープ嬢ではなく、汗ばんだ現役の女子大生だ……！）

郁男は、やや上向き加減で張りのあるオッパイと、綺麗な薄桃《うすもも》色をした乳首と乳輪を見て有頂天《うちょうてん》になった。

さらにスカートの腰ホックを外して脱がせ、腰を浮かせてパンストと下着も引き下ろしていった。

薄皮を剝《む》くように、白くムッチリしたナマ脚が露《あら》わになった。

苦労して全裸にさせると、郁男はショーツを裏返して観察した。生身があるというのに、やはりあとで悔《く》いがないよう、順々に触れておきたかったのだ。

目立ったシミはないが繊維《せんい》は汗に湿り、何とも濃厚な体臭が沁《し》み付いていた。

（うわーッ、女の匂い……！）

郁男は歓喜に胸を高鳴らせながら、美女の下着を嗅《か》ぎまくった。

そして、ようやく下着を置いて生身に迫《せま》っていった。

よほど疲れていたか、酔いで眠かったのか、恵梨子は身を投げ出して眠っている。

郁男は、まず最初に彼女の足裏に顔を寄せ、そっと舌を這《は》わせた。何しろ、毎日真上の部屋にいる彼女の、彼に最も近い部分が足裏なのである。

やや固い踵《かかと》から柔らかな土踏まずを舐め、指の間に鼻を割り込ませて嗅ぐと、そこは汗と脂《あぶら》にジットリ湿り、ムレムレの匂いが濃く沁み付いていた。

郁男は息を震わせながら、何度も深呼吸して美女の足の匂いを貪《むさぼ》り、とうとう爪先《つまさき》にしゃぶり付いてしまった。

指の股《また》に舌を潜《もぐ》り込ませたが、特に恵梨子の寝息は乱れていない。寝入りばなで熟睡しているのだろう。

郁男は両足ともしゃぶり、味と匂いが薄れるほど堪能《たんのう》してから、やがて彼女の脚の内側を舐め上げ、両膝を割って股間に顔を進めていった。

内腿《うちもも》は白くムッチリと張りがあり、顔を押しつけると心地《ここち》よく若々しい弾力が伝わってきた。

そして股間の中心部に目を遣《や》ると、熱気と湿り気が顔を包み込んできた。

どうやらテニスのあとに、シャワーも使っていなかったようだ。

丸みのある股間の丘には、楚々《そそ》とした恥毛が程よく茂《しげ》り、割れ目からはみ出す花びらは綺麗なピンク色だった。

そっと指を当てて左右に広げると、花弁状に襞《ひだ》の入り組む膣口が見え、ポツンとした小さな尿道口も確認できた。

さらに包皮の下からは、ツヤツヤとした光沢を放つ真珠色のクリトリスも顔を覗《のぞ》かせていた。

何という艶めかしい眺《なが》めだろう。

ソープ嬢はろくに見せてくれなかったし、ネットや裏ＤＶＤで見た割れ目には匂いがなかった。

しかし今は、美人女子大生の割れ目が、ありのままの匂いをさせて目の前で息づいているのである。

もう我慢できず、郁男は恵梨子の中心部に顔を埋《うず》め込《こ》んでしまった。

柔らかな茂みが鼻を覆《おお》い、隅々に籠もった匂いが鼻腔《びこう》を満たしてきた。

大部分は甘ったるい汗の匂いで、下の方にはほんのりした残尿臭の刺激も入り交じっていた。

郁男は女子大生の体臭を貪りながら、舌を這わせていった。

汗か残尿かは判然としない味わいがあり、彼は舌先で膣口の襞を掻《か》き回し、柔肉をたどってクリトリスまで舐め上げていった。

「あ……」

恵梨子が、眠りながら小さく声を洩《も》らし、ビクリと下腹を波打たせた。

やはり眠っていても感じるのだろう。郁男がチロチロとクリトリスを舐め回すと、いつしか彼女の内腿がキュッときつく彼の両頬《ほお》を挟《はさ》み付けていた。

次第に恵梨子の呼吸が荒くなり、割れ目内部は彼の唾液ばかりではないヌラヌラが溢《あふ》れはじめてきた。

それは淡《あわ》い酸味を含み、次第に舌の動きも滑《なめ》らかになっていった。

さらに郁男は彼女の腰を浮かせ、逆ハート型の形良いお尻にも顔を寄せていった。

谷間の奥には、薄桃色のツボミがひっそり閉じられ、細《こま》かな襞が恥《は》じらうように収縮していた。

鼻を埋め込むと、顔中に双丘がひんやりと密着し、ツボミに籠もった秘《ひ》めやかな微香が胸に沁み込んできた。

郁男は美女の恥ずかしい匂いを貪りながら激しく興奮し、舌を這わせはじめた。

襞の震えを味わい、中に潜り込ませるとヌルッとした滑らかな粘膜に触れた。

「く……」

恵梨子が小さく呻《うめ》き、キュッと肛門で彼の舌先を締め付けてきた。

郁男も我慢できず、内部で充分に舌を蠢《うごめ》かしてから再び割れ目に戻った。

割れ目は新たな愛液でネットリと生温かく濡れ、彼はヌメリをすすりながらクリトリスを舐め回した。

恵梨子の呼吸も間断なく弾《はず》み、たまに悩ましげな声が入り交じった。

郁男は我慢できず、舐めながらトランクスを脱ぎ去り、ピンピンに勃起したペニスを露わにしてしまった。

そして身を起こしてシャツを脱ぎ、恵梨子と同じく全裸になって股間を進めた。

急角度にそそり立ったペニスに指を添《そ》えて下向きにさせ、濡れた割れ目に擦《こす》りつけて潤《うるお》いを与えながら位置を定めた。

（大丈夫だろうか……）

一瞬ためらいも生じたが、人の部屋に入って眠り、これだけ濡れているのだから良いだろうと思った。

グイッと股間を進めていくと、張りつめた亀頭が潜り込み、あとはヌメリに助けられ、ヌルヌルッと滑らかに根元まで吸い込まれていった。

「あう……！」

恵梨子が眉《まゆ》をひそめて呻き、郁男は深々と押し込み、股間を密着させた。

そして脚を伸ばして身を重ねると、さすがに恵梨子も目を開いた。

「な、何してるんです……！」

「済みません。もう嵌《は》まっちゃいました」

咎《とが》めるように言われ、郁男はのしかかりながら謝った。

中は熱いほどの温もりと潤いが満ち、肉襞の摩擦《まさつ》と締め付けが何とも心地よかった。

「や、やめて……」

「はい、済んだら止めます。あんまり濡れていたから大丈夫と思って」

郁男は言いながら、ズンズンと股間を突き動かしはじめた。

「アアッ……！」

恵梨子が喘《あえ》ぎ、しきりに嫌々《いやいや》をした。

郁男は、すぐにも果てそうなほどの快感に見舞われたが、もちろん勿体ないので、適度に動きを止めて呼吸を整《ととの》え、少しでも長く保たせようとした。

そして屈《かが》み込み、色づいた乳首にチュッと吸い付き、顔中を柔らかな膨《ふく》らみに押しつけて感触を味わった。

汗ばんだ胸元や腋《わき》からは、さらに甘ったるい、ミルクに似た芳香が漂《ただよ》っていた。

郁男は左右の乳首を交互に含んで舐め回し、さらに恵梨子の腋の下にも顔を潜り込ませていった。

3

「ああ……、ダメ……」

恵梨子が、くすぐったそうにクネクネと身悶《みもだ》えて喘いだ。

郁男はジットリと汗に湿った腋の下に鼻を擦りつけ、濃厚な体臭で鼻腔を満たした。

そして膣内の感触と温もりに酔いしれながら、また小刻みに律動を開始した。

溢れる愛液がピストン運動を滑らかにさせ、次第にクチュクチュと湿った摩擦音も聞こえてきた。

「ほら、濡れているのが分かるでしょう？　恵梨子さんも気持ちいいんだね？」

郁男は囁きながら、彼女の白い首筋を舐め上げ、喘ぐ唇に迫っていった。

熱く湿り気ある息は、甘酸《あまず》っぱい果実臭にほんのりとアルコールの香気が入り交じり、悩ましく鼻腔を刺激してきた。

上からピッタリと唇を重ねると、柔らかな弾力と唾液の湿り気が伝わってきた。

舌を挿《さ》し入れ、滑らかな歯並びを左右にたどり、ピンク色の引き締まった歯茎まで舐め回した。

そしてなおも腰を突き動かすと、

「アア……」

きっちり歯を閉ざしていた恵梨子も、もう我慢できなくなり、喘ぎながら口を開いてくれた。

舌を侵入させ、滑らかに蠢く舌を舐め回した。口の中はさらに甘酸っぱい芳香が満ち、恵梨子の舌は生温かな唾液にたっぷり濡れていた。

リズミカルに腰を突き動かすと、恵梨子は彼の舌に嚙《か》みついてくるようなこともなく、むしろチュッと吸い付いてくれた。

さらに動きながら快感を高めていると、いつしか恵梨子もシッカリと彼の背に両手を回し、律動に合わせて股間を突き上げてきたではないか。

その嬉《うれ》しさに、とうとう郁男は絶頂の快感に全身を貫《つらぬ》かれてしまった。

「く……！」

溶けてしまいそうなオルガスムスの渦《うず》に巻き込まれ、郁男は呻きながら熱い大量のザーメンをドクンドクンと柔肉の奥にほとばしらせた。

「ああッ……！」

噴出を感じたか、恵梨子が淫《みだ》らに唾液の糸を引いて口を離し、ビクッと顔を仰《の》け反《ぞ》らせて喘いだ。

同時に膣内の収縮が高まり、もしかすると彼女も昇り詰めてしまったのかも知れない。

郁男は股間をぶつけるように突き動かし、心ゆくまで快感を貪り、最後の一滴まで出し切った。

すっかり満足しながら徐々に動きを弱めてゆき、やがて郁男は力を抜いて、グッタリと彼女に体重を預けていった。

胸の下では柔らかなオッパイが押し潰されて弾み、恥毛が擦れ合い、コリコリする恥骨《ちこつ》の膨らみも感じられた。

膣内の収縮は続き、恵梨子は息も絶えだえになって身を震わせていた。

キュッと締め付けられるたび、射精直後で過敏になったペニスが内部でピクンと跳《は》ね上がった。

郁男は、恵梨子の熱くかぐわしい吐息を間近に嗅ぎながら、うっとりと快感の余韻《よいん》に浸ったのだった。

（とうとう素人童貞を捨てた。しかも憧れの女子大生と……）

郁男は感激に包まれながら呼吸を整え、やがてそろそろと股間を引き離していった。

恵梨子もグッタリと身を投げ出し、放心しながら息を震わせていた。

「じゃ、お風呂に入りましょう」

郁男は言い、彼女を抱き起こし、何とか立たせて一緒に狭《せま》いバスルームへと入っていった。恵梨子も早く身体を流したいようで、素直に従った。

シャワーの湯で身体を洗い流してから、恵梨子をバスタブに入れてやった。

「大丈夫？」

「ええ……」

彼女は小さく頷《うなず》いた。

すっかり酔いも覚《さ》めたようだが、気落ちした様子もなく、後悔していないようなので郁男も安心した。

もちろん飢《う》えた彼が、一回きりの射精で満足できるはずもない。

良いオカズがあるときは続けて三回ぐらいオナニーするのだし、これほど美しい生身があるのだから、朝まで出来るかぎり味わいたかった。

ましで湯を弾く肌がほんのりピンクに染まり、何とも艶めかしい眺めなのである。

郁男はさっき入浴したので、軽く股間だけ洗い流した。

そして恵梨子が湯から出ると、郁男は洗い場の椅子に座ったまま彼女を目の前に立たせた。

「こうして」

そう言って、恵梨子の片方の脚を浮かせてバスタブのふちに乗せさせ、開いた股に顔を埋め込んだ。

湯に濡れた恥毛の隅々からは、残念ながら悩ましい体臭は洗い流されてしまったが、クリトリスを舐めると、またすぐにも新たな愛液が溢れ、ヌラヌラと舌の動きを滑らかにさせた。

相当に感じやすく、濡れやすいタイプなのだろう。

「ね、オシッコ出して……」

郁男は彼女の腰を抱えながら、思いきって言ってみた。恵梨子は驚いたようにビクリと下腹を強ばらせたが、なおも彼がクリトリスを吸い、柔肉を舐め回すと、尿意も高まってきたようだ。

「で、出ちゃうわ……、本当にいいの？　あぁッ……」

恵梨子が、声を上ずらせて言った。恐らく、このようなことをせがまれたのは生まれて初めてだろう。

すると、舐めている柔肉の味わいと温もりが変化し、チョロチョロと温かな流れが彼の舌を濡らしてきた。

郁男は嬉々《きき》として口に受け止め、味と匂いを嚙み締めながら喉《のど》に流し込んだ。毎日、この部屋の上で排泄していた恵梨子の出したものを、とうとう直《じか》にもらうことが出来たのである。

味も匂いも実に控《ひか》えめで、飲み込むにも何の抵抗がないのが嬉しかった。

「アア……！」

放尿しながら恵梨子が熱く喘ぎ、両手を彼の頭にかけてフラつく身体を支えた。

勢いが増すと口から溢れた分が、温かく胸から腹に伝い、すっかりピンピンに回復しているペニスを心地よく浸した。

それでも、すぐに勢いが弱まり、あとはポタポタと滴《したた》るだけになった。

郁男は黄金《こがね》色のシズクを舐め取り、割れ目に吸い付いた。すると、また淡い酸味のヌメリが湧《わ》き出し、残尿を洗い流すように新たな潤いが満ちていった。

「ああ……、もうダメ……」

恵梨子が脚を下ろして言い、立っていられないようにクタクタと座り込んできた。

郁男は抱《だ》き留《と》め、もう一度互いの全身にシャワーの湯を浴びせてから、やがて立ち上がって身体を拭《ふ》いた。

全裸のまま布団に戻ると、今度は郁男が仰向けになり、愛撫をせがむように恵梨子の顔を股間に押しやった。

すると恵梨子も厭《いと》わずに屈み込み、先端に舌を這わせはじめてくれたのだった。

4

「ああ……、気持ちいい……」

郁男は、恵梨子の舌の蠢きにうっとりと喘いだ。

セミロングの髪がサラリと股間を覆い、その内部に彼女の息が温かく籠もった。そして滑らかに動く舌先が尿道口を探り、滲《にじ》んだ粘液を舐め取ってくれた。

そして幹の裏側を舐め下り、陰嚢《いんのう》にも舌を這わせてくれたのだ。

二つの睾丸《こうがん》が舌で転がされ、郁男はゾクゾクするような快感に身悶えた。

こうしたテクニックは、恋人に教わったのだろう。

「ここも舐めて、綺麗にしたから……」

郁男は図々《ずうずう》しく言い、自ら両脚を浮かせて抱え、彼女の鼻先に尻の谷間を突き出した。

すると恵梨子も、舌先でチロチロと肛門を舐め回してくれた。

「ああ、いい……、中にも……」

喘ぎながら言うと、恵梨子は唾液に濡れた肛門にヌルッと舌先を潜り込ませてくれた。

「あう……」

郁男は、美女の舌に犯されるような快感に呻き、モグモグと肛門で舌を締め付けた。ペニスは、まるで内側から刺激されるようにヒクヒクと上下に震えた。

やがて気が済んで脚を下ろすと、恵梨子は再び陰嚢を舌先でたどり、ペニスの裏側を舐め上げ、今度は丸く開いた口でスッポリと根元まで呑《の》み込んでくれた。

「アア……」

郁男は美女の温かく濡れた口腔に包まれて喘ぎ、内部でヒクヒクと幹を震わせた。

恵梨子も深々と含みながら熱い鼻息で恥毛をくすぐり、濡れた口で幹を丸くキュッと締め付けてくれた。

そして上気した頬をすぼめて吸い付きながら、内部ではクチュクチュと舌を蠢かせた。

郁男自身は、美人女子大生の清らかな唾液にまみれ、絶頂を迫らせた。

しかし、やはり一つになりたかったので、口に出して飲んでもらうのは三回目にすることにした。

「いきそう……、上から入れて……」

郁男は言い、彼女の手を握《にぎ》って引っ張り上げた。

恵梨子もチュパッと口を引き離し、そろそろと前進してペニスに跨《また》がってくれた。

自らの唾液に濡れたペニスに指を添え、先端を濡れた割れ目に押し当て、位置を定めた。そして息を詰め、ゆっくりと腰を沈み込ませてきたのだ。

「ああッ……！」

ヌルヌルッと心地よい肉襞の摩擦を伝えながら根元まで受け入れると、恵梨子が顔を仰け反らせて喘ぎ、完全に彼の股間に座り込んで股間を密着させてきた。

郁男もキュッと締め付けられながら、快感を嚙み締めた。

それでも、さっき一度射精しているから暴発は免《まぬか》れ、じっくりと美女の温もりと感触を味わうことが出来た。

真下から杭《くい》に貫かれたように硬直している恵梨子に両手を回して抱き寄せると、彼女もそろそろと身を重ねてきた。

郁男は下から顔を引き寄せ、唇を重ねた。

舌を挿し入れると、今度は恵梨子もすぐに歯を開いて受け入れ、チュッと吸い付きながら舌をからめてくれた。

彼は美女の生温かな唾液をすすり、甘酸っぱい息の匂いに酔いしれながら、ズンズンと股間を突き上げはじめた。

「ンンッ……！」

恵梨子が唇を密着させたまま、熱く呻いた。

そして彼の突き上げに合わせ、徐々に腰を遣いはじめてくれた。

熱い愛液が大量に溢れて律動を滑らかにさせ、ピチャクチャと卑猥《ひわい》に湿った摩擦音も聞こえてきた。

溢れる愛液に陰嚢がネットリとまみれ、内腿にも伝い流れた。

郁男は充分に舌をからめてから、

「もっと唾《つば》を出して……」

そっと囁いた。

すると恵梨子も、喘いで渇いた口に懸命に唾液を分泌《ぶんぴつ》させ、クチュッと口移しに吐き出してくれた。

郁男は生温かく小泡の多い粘液を味わい、飲み込んでうっとりと酔いしれた。

さらに動きを速めながら、彼女の喘ぐ口に鼻を押しつけ、甘酸っぱい息の匂いで鼻腔を満たし、胸の奥まで湿ってくるほど嗅ぎまくった。

すると恵梨子も、ヌラヌラと彼の鼻の穴を舐め回してくれたのだ。

郁男は顔中も擦りつけ、生温かく清らかな唾液でヌルヌルにまみれた。

「い、いく……、ああッ……！」

とうとう郁男は絶頂の快感に全身を貫かれて口走り、ありったけの熱いザーメンをドクンドクンと勢いよく内部にほとばしらせてしまった。

「あう……、気持ちいいッ……！」

すると、噴出を感じた途端に恵梨子も声を洩らし、そのままガクンガクンとオルガスムスの痙攣《けいれん》を開始した。

膣内の収縮も高まり、郁男は快感を嚙み締めながら股間を突き動かし続けた。

ペニスを擦る肉襞の摩擦や締め付け以上に、恵梨子が本格的に昇り詰めてくれたことが何より嬉しかった。

郁男は最後の一滴まで絞《しぼ》り尽くし、満足しながら徐々に突き上げを弱めていった。

そして美女の重みと温もりを感じながら力を抜き、まだ収縮する膣内に刺激され、ヒクヒクとペニスを震わせた。

「アア……」

恵梨子も満足げに声を洩らし、グッタリと力を抜き、遠慮なく彼に体重を預けてもたれかかってきた。

郁男は、熱く喘ぐ口に鼻を押しつけ、果実臭の息を胸いっぱいに嗅ぎながら、うっとりと快感の余韻を味わったのだった。

しかし肉体は満足しているのに、一向に膣内のペニスは萎《な》えなかった。

今まで溜まりに溜まった性欲を、この幸運な機会に、とことん解消しようとしているのだろう。

「ああ……、もうダメ、感じすぎるわ……」

恵梨子が降参するように言い、キュッと締め付けながら、そろそろと股間を引き離してしまった。

オルガスムスの連続に、まるで全身が射精直後の亀頭のように敏感になっているのかも知れない。

恵梨子はティッシュで拭く気力も湧かないように、そのままゴロリと彼に添い寝してしまった。

「ね、あと一度だけお願い……」

郁男は甘えるように言って恵梨子に肌をくっつけた。

「もう勘弁《かんべん》して……」

「じゃ、お口でして……」

恵梨子は疲れたように言ったが、郁男は身体の向きを変え、互いの内腿を枕にしたシックスナインの体勢になっていった。

愛液とザーメンにまみれた先端をそっと彼女の口に押しつけると、柔らかな唇の感触が伝わってきた。

「ク……」

恵梨子は少しためらったが、やがて亀頭を含んでくれた。

郁男は深々と押し込みながら、自分も彼女のムッチリした内腿を枕に、割れ目に顔を埋め込んだ。

もう彼女はすっかり満足しているだろうから、舐めるのではなく恥毛の感触と割れ目の眺めで、郁男は恵梨子の舌に愛撫されながら高まっていった。

「ああ……、何て気持ちいい……」

郁男は快感にうっとりと喘ぎながら、恵梨子の唾液にまみれたペニスをヒクヒクと震わせた。

彼女も、これが済めばゆっくり休めると思ってか、熱い鼻息で陰嚢をくすぐりながらネットリと舌をからめ、小刻《こきざ》みに吸い付いてくれた。

郁男も彼女の腰にしがみつきながら、セックスするようにズンズンと小刻みに腰を突き動かしてしまった。

「ウ……」

喉の奥を突かれて恵梨子は呻いたが、郁男の動きに合わせて顔を前後させ、唾液に濡れた口でスポスポと強烈な摩擦を繰《く》り返してくれた。

彼はたちまち、美女のかぐわしい口に全身が含まれたような錯覚《さっかく》の中、あっという間に三度目の絶頂を迎えてしまった。

「あう……！」

5

突き上がる快感に呻き、勢いよく射精すると、三度目とも思えない量のザーメンがほとばしり、彼女の喉の奥を直撃した。

「ク……、ンン……」

噴出を受け止めながら恵梨子が声を洩らし、頬をすぼめて吸い付いてくれた。

「ああ……、いい……」

強く吸われるとドクドクと脈打つリズムが無視され、まるでペニスがストローと化し、陰嚢に溜まったザーメンを直接吸い出されているような錯覚に陥《おちい》った。

やがて全て出し切った郁男は、さすがに深い満足にグッタリしながら腰の動きを止め、身を投げ出した。

すると恵梨子が、亀頭を含んだまま、口に溜まったザーメンをゴクリと飲み込んでくれたのだ。

「く……」

嚥下《えんげ》とともに口腔がキュッと締まり、郁男は駄目押《だめお》しの快感に呻いた。

恵梨子は飲み干すと、ようやくチュパッと口を引き離し、なおもしごくように幹を握り、尿道口に脹《ふく》らむ余りのシズクまで丁寧《ていねい》に舐め取ってくれた。

「ああ……、も、もういい……」

郁男はヒクヒクと過敏に亀頭を震わせながら言って腰を引き、ようやく身を起こしていった。

そして恵梨子に添い寝して布団を掛け、全裸のまま抱き合い、温もりに包まれながら余韻を噛み締めた。

風雨の音はまだ続いていた。

「私、引っ越すんです……」

「え……？」

ぽつりと恵梨子が言い、郁男は驚いて聞き返した。

「失恋したので、北海道の故郷に帰ります。今日は仲間と最後のテニスをしました」

「そ、そんな……」

言われて、郁男は今現在感じている温もりが、急激に遠ざかっていくような気持ちになった。

「せっかく出会って、こうして何度も一つになったんだし、彼氏と別れたのなら僕とお付き合いできませんか……」

「いいえ、今夜の私はどうかしていました。泊めて頂くことは感謝しますけれど、どうかこれきりで……」

恵梨子は言うと、背を向けてしまった。

郁男も背中合わせになり、丸く弾力あるお尻を合わせながら、何か手はないものかと頭を巡らせた。

どうせ二度と出来ないなら、せめてもう一回させてもらおうかと、さもしい考えも湧いたが、さすがに郁男も一仕事終えて疲れ、三度も立て続けに射精したので、睡魔に襲われはじめた。

そして、間もなく恵梨子は規則正しい寝息を立てはじめてしまった。

郁男も、いつのまにか眠ってしまい、翌朝に目覚めたときには、もう恵梨子の姿はなかったのだった。

二階からも物音は聞こえないので、恐らく充電した携帯で友人に連絡し、そちらへ行ったのだろう。

忘れ物は何一つなく、枕にも髪の毛一本落ちておらず、恵梨子は幻《まぼろし》だったかのように思えたものだった……。

——翌日から急な取材で大阪に行った郁男は、三日ぶりに帰ってきて、二階の部屋が空室になっていることに気がついた。

（ああ、やっぱり行っちゃったか……）

郁男は肩を落として思い、しばし自室で呆然《ぼうぜん》とうなだれた。

大家に訊《き》いて、恵梨子の北海道の住所でも教えてもらおうかとも思ったが、まず無理だろう。

ネットで恵梨子を探してみたが、ミクシィにもフェイスブックにも彼女の名前は見当たらなかった。

そうなると、やはりあの雨の夜のことは幻だったような気さえした。

郁男は溜息《ためいき》をついた。

しかしふと彼は、恵梨子との姿を隠し撮りしていたことを思い出した。

もう会えない一夜限りの美女の姿を見るのは辛《つら》いが、ペニスだけは期待にムクムクと反応してしまった。

モニターにセットしてスイッチを入れた。

これで彼女の姿が映っていなかったら、本当に幽霊《ゆうれい》だったのだろうが、果たして、恵梨子の姿が画面に現れた。

郁男は悲しみとは裏腹に、肉体的には嬉々としながらオナニー体勢を取った。

まずは眠っている恵梨子をこっそり舐めるところから始まり、やがて正常位で一つになって彼女が目を覚ました。

途中の風呂場での出来事が映っていないのは残念だが、さらに愛撫をして女上位で交わり、最後は口内発射だ。

郁男は激しく勃起したペニスを右手でしごきながら見ていたが、最後まで堪能してから、もう一回見直して果てようと思い、とにかく映像が切れるまで目を通した。

やがて二人とも眠ってしまい、あとは二人の寝息が聞こえるだけとなった。

郁男は早送りにし、一応最後まで見ることにした。

すると、動きがあったので画面を通常の再生に戻した。

目を覚ました恵梨子が身を起こし、身繕《みづくろ》いをして充電器から携帯を取り、誰かにメールしていた。

恐らく昨夜一緒だった友人だろう。

鍵をなくした飲み会の店か友人宅か分からないが、とにかくそこへ行くとでも送信したらしい。

そして恵梨子は出て行きがけに郁男を振り返り、屈み込んでそっと彼の額《ひたい》にキスしてくれたのである。

（うわ……）

画面を見ながら、郁男は泣きそうになってしまった。

泊めてくれた礼か、気持ち良かった名残《なごり》か、とにかく恵梨子は後悔もなく、軽いキスを終えると、そのまま静かに部屋を出て行ったのだった。

ドアが閉まる音が聞こえ、足音が遠ざかると、その後何度か郁男は何も知らずに寝返りを打っていたが、やがて録画容量がいっぱいになって映像が切れた。

(結局、一期一会だったなあ……)

郁男は、この動画を宝物にしようと思い、もう一度最初から見直しながら、熱烈にオナニーに耽《ふけ》ったのであった……。

〈初出一覧〉

桃尻の憂鬱　草凪　優　『小説ＮＯＮ』二〇一四年五月号

人妻・美味すぎる熱肉　館　淳一　『小説ＮＯＮ』二〇一一年十月号

夫には言えない二、三の事柄　霧原　一輝　『小説ＮＯＮ』二〇一一年十月号

女たらし　子母澤　類　『小説ＮＯＮ』二〇一一年一月号

言い訳オンリー・ユー　森　奈津子　『小説ＮＯＮ』二〇一〇年七月号

虫刺され　八神　淳一　『小説ＮＯＮ』二〇一〇年八月号

文学青年の恋人　文月　芯　『小説ＮＯＮ』二〇一一年五月号

濡れた夜を巻き戻して　睦月　影郎　『小説ＮＯＮ』二〇一四年四月号

禁本　惑わせて

一〇〇字書評

切・り・取・り・線

購買動機（新聞、雑誌名を記入するか、あるいは○をつけてください）	
□（　　　　　）の広告を見て	
□（　　　　　）の書評を見て	
□ 知人のすすめで	□ タイトルに惹かれて
□ カバーが良かったから	□ 内容が面白そうだから
□ 好きな作家だから	□ 好きな分野の本だから

・最近、最も感銘を受けた作品名をお書き下さい

・あなたのお好きな作家名をお書き下さい

・その他、ご要望がありましたらお書き下さい

住所	〒				
氏名		職業		年齢	
Eメール	※携帯には配信できません	新刊情報等のメール配信を 希望する・しない			

この本の感想を、編集部までお寄せいただけたらありがたく存じます。今後の企画の参考にさせていただきます。Eメールでも結構です。

いただいた「一〇〇字書評」は、新聞・雑誌等に紹介させていただくことがあります。その場合はお礼として特製図書カードを差し上げます。

前ページの原稿用紙に書評をお書きの上、切り取り、左記までお送り下さい。宛先の住所は不要です。

なお、ご記入いただいたお名前、ご住所等は、書評紹介の事前了解、謝礼のお届けのためだけに利用し、そのほかの目的のために利用することはありません。

〒一〇一-八七〇一
祥伝社文庫編集長　坂口芳和
電話　〇三（三二六五）二〇八〇

祥伝社ホームページの「ブックレビュー」からも、書き込めます。

http://www.shodensha.co.jp/bookreview/

祥伝社文庫

禁本《きんぽん》　惑《まど》わせて

平成26年7月30日　初版第1刷発行

著　者　草凪《くさなぎ》 優《ゆう》　館《たて》 淳一《じゅんいち》　霧原《きりはら》一輝《かずき》　子母澤《しもざわ》類《るい》
森奈津子《もりなつこ》　八神《やがみ》 淳一《じゅんいち》　文月《ふづき》 芯《しん》　睦月影郎《むつきかげろう》

発行者　竹内和芳

発行所　祥伝社《しょうでんしゃ》
東京都千代田区神田神保町3-3
〒101-8701
電話　03（3265）2081（販売部）
電話　03（3265）2080（編集部）
電話　03（3265）3622（業務部）
http://www.shodensha.co.jp/

印刷所　図書印刷
製本所　図書印刷
カバーフォーマットデザイン　芥 陽子

ISBN978-4-396-34051-3 C0193